ちくま学芸文庫

孤島

ジャン・グルニエ
井上究一郎 訳

筑摩書房

目次

注意　原注は＊印であらわし印刷本文の左ページ末に記載される。本文（　）内の番号は巻末の訳注の番号に対応する。

序文

アルベール・カミュ

アルジェで、はじめてこの本を読んだとき、私は二十歳だった[1]。私がそれから受けた動揺、またそれが私や私の多くの友人たちにあたえた影響は、『地の糧』[2]がある世代にひきおこしたショックにくらべることしかできない。だが、『孤島』が私たちにもたらした啓示は、それとはべつのものだった。『孤島』の啓示は、私たちにぴったりだった、それにくらべるとジッドがもたらした興奮は、私たちを感嘆のなかに置くと同時に当惑のなかに置いたのである。そういえば私たちは、道徳の紐帯から解放される必要も地上の果実をうた[3]う必要もなかった。果実は私たちの手近に、光りのなかに、たれさがっていた。私たちはそれにかぶりつくだけで十分だった。

私たちのあるものにとっては、もちろん、貧困も苦悩も存在した。ただ、私たちは私たちの若い血のすべての力をふりしぼって、それらを拒否しているだけだった。この世界の真理は、ただこの世界の美と、その美が誰の心にもわかちあたえるよろこびとのなかにだけあった。私たちは、そのようにして、感覚のなかに、この世界の表面に、色彩にまじり、波にまじり、大地の芳香にまじって生きていた。そんなわけで、『地の糧』がその幸福への誘いをもってきたときは、すでにおそすぎたのである。幸福、——私たちは不遜にもそれを広言してはばからなかった。むしろかえって、そんな幸福のむさぼりから少しばかりそらされること、つまり、そんな幸福の野蛮状態からひきはなされることが、私たちには必要だったのだ。かりにあのとき、陰鬱な説教師たちがやってきて、私たちを魅惑しているこの世界や存在に呪いの言葉をあびせながら、海岸を歩きまわったとしたら、もちろん私たちは乱暴な行動や、皮肉な弥次《やじ》で反撥しただろう。私たちにはもっとうまみのある師が必要だった。たとえば、生まれた海岸はちがっていても、おなじように太陽の光りを愛し、肉体のすばらしさを愛する人間がやってきて、とても真似のできない言葉で、つぎのようにいってくれなくてはならなかった、——この世界の外見は、なるほど美しい、だが、それらはやがて消え去るべきものだ、だから、いまのうちに、ひたむきにそれらを愛さなくてはならない、と。まもなく、この不易の大主題が、世界を震撼させる新思想のように私の内部に鳴りひびきはじめた。海、太陽の光り、人々の顔が、私たちをまぶしくひきつけることをやめないで、突然一種の見えない柵でへだてられ、私たちから遠ざかった。『孤島』は、要するに、私たちが魔法の呪縛から脱するための、手ほどきになったのだ。

私たちは文化を発見したのだった。

この本は、そういえば、私たちの王国であった感性的な現実を否定することなく、そうした現実に、私たちの青春の不安を解きあかすもう一つの現実をかさねあわせていた。それまでに私たちがおぼろげに生きてきた陶酔とか、肯定の瞬間とかいったもの、『孤島』(4)のもっとも美しいページのいくつかを生みだす霊感の源となったそれらのものの、消えやすさと、消え去ることのない味わいとを、二つとも、グルニエは私たちに思い出させてくれた。と同時に私たちは、私たちがおちいる急激な憂鬱の理由を知るようになった。収穫が思うにまかせぬ土地と陰鬱な空とのあいだでつらい労働をしている人は、空とパンが心を重くしない他の土地を夢みることができる。彼は希望する。だが、一日中どこへ行っても光りと丘とに満たされている人々は、もはや希望しない。彼らはある想像の彼方をしか夢みることができない。そんなわけで、北の国の人々は、地中海の岸辺、または光りの砂漠にのがれる。しかし、光りの国の人々は、見ることのできない世界よりほかの、どこにのがれるのか? グルニエによって描かれた旅は、想像の世界、見ることのできない世界の旅、――メルヴィルが、『マーディ』(5)のなかで、他の方法をもってあざやかに描いた、島から島への探索である。動物は享楽し、そして死ぬ。人間は驚嘆し、そして死ぬが、いったいどこに港があるのか? それが、この書物全体のなかにひびきわたっている問いだ。

その問いからは、じつをいえば、一つの間接的な答えしかかえってこない。グルニエは、そういえば、メルヴィルとおなじように、絶対と神的なものとについてのある瞑想によって、その旅を終っている。インド人たちについてグルニエが語っているのは、名づけることも、位置づけることもできないある港、——永久に遠くはなれ、一風変わった荒涼たる姿をした、ある他の島の話なのである。

それだからまた、この慎重で暗示的な接近が、伝統的な宗教のそとに育てられた一青年にとって、彼を一層深い省察に向かわせる唯一の方法となったのかもしれない。個人的には、私は神々に事欠かなかった。すなわち、太陽、夜、海……。だが、それらは享楽の神々であって、われわれを満たすかと思うと、空虚にしてしまう。そうした神々とだけ暮らしたのであったら、私は享楽そのもののために、それらの存在を忘れ去っただろう。他日私が、もっと傲慢でなくなって、私のそんな自然の神々に立ちもどることができるためには、神秘なものと聖なるもの、人間の有限性、不可能な愛といったものを、私に思いおこさせてくれる人が必要だった。だからといって、私はなにがしかの確信をグルニエに負っているというのではない。彼はそんなものをあたえることもできなかったし、またあたえようともしなかった。そうではなくて、私が彼に負っているのは、むしろ懐疑であり、それはどこまでもつづくものなのである。たとえばそれは、こんにち理解されているような意味でのユマニスト——私のいう近視眼的な確信によって視野をさえぎられた人間——になることを私にさしひかえさせた懐疑である。『孤島』のなかを走っているあの火山の震動のようなものを、ともかくも、それにふれた最初の日以来、私は讃美してきたし、それを真似たいと思ってきた。

「私は、しきりに夢想した、一人で、異邦の町に、私がやってくることを、ひとりで、まったく無一物で。私はみすぼらしく、むしろみじめにさえ暮らしたことだろう。何よりもまず私は秘密を守っただろう。」ここにきこえる音楽、——アルジェの夕暮れを歩きながら、それを復誦したとき、当時の私をまるで酒に酔った人間のようにしたあの音楽が、ここにある。私はある新しい土地にはいったような気がした。私の町の丘の上の、よく私が沿って歩いた高い塀にかこまれたあの庭の一つが、ついに私にひらかれたような気がした。そこには、目に見えないすいかずらの匂いしかとらえるものがなく、私の貧しさが、いつも夢をめぐらしていた庭があった。私の考えちがいではなかった。はたして一つの庭がひらかれた、——比類のない富みをもって。つまり私は芸術を発見したのであった。何物かが、誰かが、私のなかでおぼろげに動き、話しだそうと望んでいた。新しい誕生、——何気ない読書やある会話が若い人の心にさそいだすことがよくあるあの新しい誕生である。一つの章句が、ひらかれた書物からとびだし、一つの言葉が、まだ室内にひびいている。

すると突然、その正しい言葉、正確な主音のまわりに、種々の矛盾が秩序づけられ、混乱がやむ。同時に、そしてすでに、その完全な言語への答えとして、はにかんだ、まだぎごちない一つの歌が、存在の暗がりのなかに立ちのぼる。

『孤島』を発見したころ、自分でものを書きたいと望んでいた、と私は思う。しかし、ほんとうにそうしようと決心したのは、この本を読んだあとでしかなかった。他の本もそうした決意に貢献した。だが役目がすむと、それらの本を私は忘れてしまった。ところが、この本は、読んでから二十年以上経ったいまも、ずっと私の内部に生きることをやめていない。こんにちでもまだ、『孤島』のなかや、このおなじ著者の他の本に見出される章句を、まるで私のもののように書いたりいったりすることがある。こまったことだとは思わない。当時誰にも増して、何かに傾倒する欲求をいだいていた私にとっては、しかるべきときに一人の師を見つけた幸運、幾年月と数々の作品とを通してその師を愛し、讃美しつづけることができた幸運を、ありがたいと思うほかはないのである。

なぜなら、その人生にあって、少くとも一度、そのような熱狂的な従順を経験することができるのは、やはり一つの幸運にちがいないからだ。私たちの知的な社会がひきつけられている生半可な真理のなかで、とくにつよい力をもっているのは、一方の意識が他方の意識の滅亡をはかるというおだやかならぬ真理である。やがて私たちは、すべて主人と奴隷とにわかれて、おたがいに殺しあうことにあけ暮れするだろう。だが、主人 maître という語は、もう一つの意味、すなわち、尊敬と感謝の関係において、単に弟子に対立する語としての師、という意味をもっている。この場合は、意識間の闘争が問題ではなく、対話が問題となる。その対話は、一度はじまるとそれからは消えることなく、ある人々にとっては、その人生を充実させるものとなる。この長い対面からひきだされるのは、隷属でも服従でもなく、ただ真似 imitation ——この言葉の精神的な意味における、まなび(6)——である。ついに弟子が自分のもとを去り、自分との相違を完全なものにするとき、師はよろこぶ、一方弟子は、何一つかえせないと知って、自分がすべてを受けた時代への郷愁をいつまでもいだくだろう。このように、世代を経て、精神は精神を生みだすのであって、さいわいにも、人間の歴史は憎悪の上に築かれるのとおなじだけ讃美の上に築かれるのである。

しかし、グルニエならば、こんな調子では話さないだろう。彼はむしろ、一匹の猫の死、ある肉屋の病気、花の香、すぎ去る時について、私たちに話すことを好む。この本のなかでは、何事も打ちつけに語られてはいない。ここでは、すべてが、暗示されている、比類のない力づよさと繊細さで。その軽妙な言語は、正確であると同時に夢想的で、音楽のようななめらかさをもっている。それははやく流れるが、そのこだまは長く尾をひく。他に比較を求めようとするならば、私はフランス語から新しい音《ね》いろをひびかせたシャトーブリアンとモーリス・バレスのことを語らなくてはならないだろう。しかし、そんなことをしてもはじまるまい！　グルニエの独創性は、そんな比較を越えている。彼は、表面的な気取りをもたない言語で、単純な、親しい経験を語るだけである。ついで、彼は、私たち各自の好みの解釈にまかせる。そうした条件でこそ、はじめて芸術は、無理強いをしない一つの賜物となるのだ。この書物からじつに多くのものを受けた私は、その賜物のひろい領域を知っているし、また私の蒙った恩顧に感謝している。一人の人間が生涯に受ける大きな啓示というものは、そう何度もあるものではなく、せいぜい一度か二度である。だが、そうした啓示は、幸運とおなじように、変貌する。生きること、生きて知ることに情熱をいだく人間にとって、この本は、ページをくるごとに、同種の啓示をさしだしてくれることを私は知っている。『地の糧』(7)は公衆を震撼させるのに二十年かかった。こんどはこの『孤島』に新しい読者がつくときだ。私も、もう一度そうした新しい読者のなかにはいりたいと思う。この小さな書物を道でひらいてから、最初の数行を読んだところでそれをふたたびとじて、胸にしっかりおしつけ、見る人のいないところでむさぼり読むために、自分の部屋まで一気に走ったあの夕べにかえりたいと思う。そして、いまはじめてこの『孤島』に近づく未知の青年を、私はうらやむのだ、にがい思いをこめないで、——あえていうならば、私はうらやむのだ、熱い思いをこめて……。

アルベール・カミュ

孤島

この一連の象徴的な作品は、一人の裸の人間を描く、──その人生のなかで、挿話、舞台装飾、気ばらしなどを構成しているものを、すべてとり去った裸の人間を……。

信仰も、憐れみも、愛も、やはり多くの現実性をもっている。古代の神殿、教会、王宮、そしてこんにちでは工場は、絶望にたいする安全な避難所である。それらから獲得されるもの、それらから受ける啓示は、ここでは問題としない。

空白の魔力

どんな人生にも、とりわけ人生のあけぼのには、のちのすべてを決定するような、ある瞬間が存在する。そんな瞬間は、あとで見出すことが困難だ。それは、時刻の堆積の下にうずもれている。時刻は、それの上を無数にすぎて行ったのであり、そうした時刻の虚無は畏怖を感じさせる。すべてを決定する瞬間といっても、かならずしも稲妻のようなものではない。幼少年の全期間にわたってつづき、表向きいたって平凡な年月を、とくべつな虹の光彩で色どっていることがある。ある存在の啓示は、漸進的にやってくることもある。ある子供たちは、まったく彼ら自身のなかにうずもれてしまっていて、暁は決して彼らの上にきざしてこないように見える。だから、そういう彼らが、ラザロ[1]のように、すっくと立ちあがるのを見ると、まったくおどろかされる。ラザロは屍衣をふるいおとすのだが、彼らがふるいおとすのは、産衣にほかならない。そういうことが、私にもおこった。私の最初の思い出は、数年にわたってひろがっている雑然としたものの思い出、とりとめもない夢の思い出なのだ。私はこの世のむなしさ *vanité* について人からきかされる必要はなかった。それについては、そのこと以上のものを、つまりからっぽ *vacuité* を感じたのである。

私は特権的瞬間(2)なるものを経験しなかった。そういう経験があれば、それを契機として、私の存在は、一つの勘のようなものをもったことであろうし、また、そのとき私自身から私に啓示されたものを、のちになって、そういう瞬間のせいに帰したかもしれなかった。だが、子供のときから、私は多くの奇妙な状態を経験した。それらの状態は、そのどれもが、予告《プレモニシオン》ではなくて、警告《モニシオン》であった。そのたびごとに、私は、時間のそとに位置する何物かにふれているような気がした（というよりほかの言葉が使えようか）。私のやるべきことは、それらの接触が正確に何を意味するかを自分にたずね、それらの接触のあいだに一つの関係を設けること、つまり、自己の内部におこっていることを知ろうとするすべての人々のようにふるまって、その内部のものを外界と対決させること、私の直観を体系に——直観を不毛にしないだけの柔軟な一つの体系に——変えることであったろう。ところが反対に、私はそうした花々を、一つまた一つと色あせさせたのだ。私はそうした花の一つから他の一つへと、わたり歩いた、——そうするよりほかにほとんど目的をもたない旅をかさねて。

何歳のころだったか？　六歳か七歳だったと思う。菩提樹のかげにねそべり、ほとんど雲一つない空をながめていた私は、その空がゆれて、それが空白のなかにのみこまれるのを目にした。それは、虚無についての、私の最初の印象だった。そしてそれは、ゆたかな生活、満ちたりた生活の印象につづいていただけに、一層つよかった。それ以来、私はなぜ一方が他方のあとにつづいておこるのかを、頭のなかで求めようとした。そして、自分の肉体と魂とで求めないで自分の知性で求めるすべての人たちに共通の、一種の勘違いから、私は哲学者たちが「悪の問題」[3]と呼んでいるものがそれなのだ、と考えた。ところで、それは、もっと深刻で、もっと重大な事柄であった。私は、自分の前に、瓦解ではなくて、空隙をもったのだ。口をあいたその穴のなかに、すべてが、完全に何もかも、のみこまれてしまう危険があった。この日づけから、私にとって、物の現実性のはかなさ[4]にたいする反省がはじまった。「この日づけから」といってはいけないだろう、なぜなら、われわれの生活の諸事件は——いずれにしても内的な事件をさすのだが——そうした諸事件は、われわれ自身のなかのもっとも深いものが、日をかさねて順次に啓示されることでしかない、と私は思いこんでいるからだ。してみると、日づけの問題は大して重要ではない。私というのは、生きるべく運命づけられている人間というよりも、むしろなぜ生きているかを自分に問いかけるべく運命づけられている人間の一人だった。いずれにしても、いわば人生の余白に生きるべく運命づけられていた。

事物のもつ幻影的な性格が、私のなかでますます確認されるにいたったのは、海が近くて、せっせと海にかよったことによる。いつも動いて、満ちひきをもっていた海。ブルターニュの海がそうであって、湾によっては、その海が、ほとんど目におさめられないほどのひろがりをもっている。なんという空白！　岩、泥、海水……。毎日、一切のものがうたがわれ、問いにかけられるから、何物も存在しない。私はよく真夜中に小船にのっている自分を想像した。目標は何もない。おき去りにされて、どうにもならないところへ、おき去りにされて、私には星もなかった。

そうした夢想には、何一つ耐えがたいものはなかった。私はたのしくそんな夢想にふけった。それは、「文学的な悪」(5)ではなかった、なぜなら、私はそんな悪に関するものを何一つ読んではいなかったから。それは一種の生まれつきの悪で、それが私に無上の快さをそそるのであった。無限についての感情(6)は、私にとって、まだその名をもたなかったし、虚無の感情も、やはりまだそうだった。したがって、そこにあるのは、ほとんど完全な無関心、澄みきった無感動、――目ざめぎわの睡眠者の状態だった。くる日もくる日も私は歩きまわった、(7)――生気のないあの草はらを、永久に芽ばえるものがないであろうあのひからびた砂礫の渚を。私は波にはこばれるように、進んで行った、その波は、ひいたり寄せたりしながら、最後には、私をその場におき去りにした、――海の底で丈夫な錨づなにひっかかったブイのように。そのような放心の状態から魂をひきはなすのは、なかなかむずかしい。私は海を愛していたとはいえない。私は海の力にじっと耐えていたので、それでけっこうたのしかった。そのままではどういう結果になったか？ 無に、である。どんなことでもどうにかはなる、というだけでは、打開というものがなかった。もし行きつく先が死だとするならば、私の生はそのまま死に似ていた、――そこに動物のあの本能的な跳躍がなかったとしたら、私にとって、死との区別がつかなかったほどに。

＊＊＊

ところで、そんな気質の私が、すべてに無関心でなくなったのは、どうしてなのか？ 私はすべてのことに傷つくようになったのだ。というのは、私のそとでおこるすべてのことが、私にとってただ一つ大切だと思われたものにくらべて、その価値のなさを私に感じさせるようになったからである。いきなりその点を分析しようとしても、うまく行かない。とにかく、私は一つの理想をもったのだ。人は、自分をとりまく物を拒み、ある中立した領域にとじこもることができる。その領域は、われわれを孤立させ、しかもわれわれを守っている。つまり、自分を愛し、エゴイスムによって幸福に暮らせる、ということだ。しかしわれわれが、この世のどんなものとも同列に生き、しかもこの世のからっぽを感じているとすれば、われわれを乱しにやってくる人生の無数の小さな出来事に、ひどく嫌悪を感じやすくなる。一つの傷、それはまだしもがまんできる。だが、毎日ちくちく針で刺されるのは、耐えられない。ひろい視野でながめると、人生は悲劇である。近くで見ると、それはばかばかしいまでに卑小なものだ。われわれは、それに抵抗しなくてはならないという観念をいだき、期待を裏切られたという感情におちいる。人によっては、これがあれよりもいいと思われることがあり、これかあれかを選ばなくてはならないこともあり、一方をすてて永久に他方を所有しなくてはならないことさえある。ところで、これがあれよりもまさっているであろうか？　いくら私がそうではないといっても、けっきょくはそうだといわないわけには行かなくなる。つらいことではないか？　やむをえず、私は無関心の瞬間から、選択のそれへと移る。私は賭けをやることになる。私は一時的なもののなかに絶対を求める、――絶対はそういうもののなかには存在しないのに。私の内心には、沈黙と無視がくずれて、喧騒がわきおこる。万年筆の二つの製品のなかから、どちらか一つを選べといわれても、こまるのである。いい品物が、かならずしも高いとはかぎらない。品物は劣っても、機能がちがうので、非常に実用的だということもある。もっともいいとか、もっともわるいとか、そういうものはない。あるときにいいとか、他のときにいいとか、そういうものがあるのだ。完璧なものは、この世のものではない、ということは私も承知している。だが、人はこの世に出てくると、この世にまじわることを承諾すると、ただちに悪魔にそそのかされる。狡智にたけたそいつが、われわれの耳もとでささやく、──生きている以上、なぜ図太く生きないのか？　なぜもっともいいものをつかまないのか？　そこで、周遊だ、旅だ……、ということになる。しかし、欲望が満たされようとする瞬間こそ、美しい瞬間なのだ。

空白の魔力にさそわれて周遊に出る、ある物から他の物へ、いわば片足とびにとび移るということは、ふしぎではない。恐怖心と、魔力にひかれる気持とは、たがいにまじりあう、──人はのりだすと同時に身をひっこめる。その場にいつまでもとどまることは不可能だ。けれども、この無窮動がいつかはむくわれる日がやってくる。ある風景をだまってながめる、それだけで欲望をだまらせるに十分な日がくるのだ。空白が、ただちに充実におきかえられる。すぎ去った自分の人生を思いうかべるとき、私には、その人生がこうした神聖な瞬間に達するための努力でしかなかったように思われる。子供のとき、仰向けにねて、枝越しにあんなに長いあいだながめてすごしたあの澄んだ空、そしてある日、ふっと消え去るのを見たあの澄んだ空の、あの思い出によって、私は、こうした神的な瞬間に達するようにと決定づけられたのであろうか？

猫のムールー

I

動物たちの世界は、沈黙と跳躍とからつくられる。私は彼らがねているのを見るのがすきだが、彼らはそうしながら自然との接触をとりもどし、そのように身をゆだねることとひきかえに、自然から一種の精気を受けて、みずからを養うのである。彼らの休息は、われわれの仕事とおなじほどに勤勉である。彼らの睡眠は、われわれの初恋とおなじほどにひたむきである。アンタイオス(1)と大地とのあの太古のむすびつき、それをこの上もなくきまじめに、いまなおくりかえしているのは、動物たちである。私が住むホテルでは、私はめったに夜中に目をさまさない。ところが今夜、十一月十五日、三時という時刻に目をさましてみると、咳や、話し声、等々がきこえる。私の猫が眠っているとき、彼のなかのすべてのものは、彼の睡眠を大切にする。彼は長いあいだ、もっともいい場所をさがし、からだをまるめると、ほとんどすぐに半睡の状態にはいる。それから、もっと深く眠ってしまう。まるで計算ずくであるかのように……。はやくも彼はこんなしあわせな夢に遊んでいる、——彼は木にかけのぼり、真近でつかまえたいと思う一羽の小鳥をねらう。その小鳥のどこが気に入っているかというと、きれいな色をしているからではなく、その小鳥がふとって、ずっしりと重そうだからである。ムールーの小鳥ずき……。自分のすきなものを手に入れたいと思っている彼の気持が、なんとよくわかることだろう！　だが、ムールーが近づくほど、その小鳥はあとにひきさがる。ムールーは相手をまどわしにかけようとこころみるが、徒労である。とうとう小鳥はとびたち、猫は、何かつぶやきながら、なかば目がさめて、のびをする。また新しい眠りがはじまる、もっとかるい、もっと快い眠り、——大都会で、朝の九時と十一時とのあいだに、女たちがもつ眠りにも似たもの。猫たちが、しずかになでてもらってよろこぶのは、このときである。彼らが頭をうしろにのけぞらせるには、耳のうしろに手をまわしてやらねばならない。それから、あごをなでてやり、前肢のあいだの胸をなでてやる。ムールーのように首輪をしている猫たちは、毛と首輪とのあいだに指を入れてもらうことをよろこぶ。

猫という名に値する猫は、首輪をもっていなくてはならない。するとすぐその猫は、牝猫たちに異常な人気を博する。彼は自分自身と自分が所属する家とを、一段と買いかぶるようになる。これで終身爵位をかちとったというわけだ。その子供たちは、生まれながらにして、他の子猫たちがもたない一種の品位をもつことになろう。こまぎれ肉の煮込みを拒否し、ビフテキしか受けつけなくなるだろう。交際も、自分たちの階級の仲間にかぎられ、家柄に合った婚約を結ぶことになるだろう。猫たちを極めて人間的にするのは、首輪である。首輪をもたない猫に話しかけてみたまえ、その相違がよくわかるだろう。首輪は、種族の優越性を示すものではない――なぜなら、アンゴラ、ペルシア、シャムなどの多くの種族が、それをもっていない――そうではなくて、そだちの優越性を示すものなのだ。生まれは大して重要ではない。すべては、なんらかの特典によって、公然とあたえられるのであって、個人の気まぐれによるというよりほかはない。首輪の制度は、そっくりそのまま、ほかの多くの制度にあてはまる。つまり知性とはなんの関係もない。

目がさめると、ムールーは、ねていたベッドからおりて、窓にとびあがる。それから、壁にくりぬかれたその窓の下框《したかまち》にうずくまる。そうでなければ、屋根に出て、その平らになったところにねそべり、壁にくっついた月桂樹の枝をつたって、庭におりる。その枝が切られたばかりだと、屋根をつたってふたたび部屋までのぼり、階段からおりなくてはならない。

彼は子供のころは、何一つこわがらなかった。屋根の樋《とい》にそって歩いてもふらふらせず、また庭に人がいるときは、ほめてもらうために杏の木のいちばん高いところまでかけあがった。いまでは、もう必要な努力しかはらわない。物の値打ちを知っているのだ。だんだんあぶない芸当をしなくなり、だんだん楽をしてたのしむようになった。彼の愛情はますますはっきりしてきた。朝は、感謝と愛のしるしのように、私の母の足もとにころがる、——母が足を彼の上にのせるまで。そんな封建的な儀式に満足して、彼は台所へ行き、牛乳をのみ、前夜から彼のためにつくってあったつめたい食事をとる。

午後はベッドの上に横たわり、脚を前にあげてのどをごろごろならす。けさ、彼ははやくやってきた。一日中じっと休むつもりだろう、ゆうべはそとで乱行にふけってきたから。こいつめ、けさはいつもよりずっとやさしそうだ。消耗してぐったりしているのだ。——私はこいつがすきだ、目がさめるたびにこの世界と私とのあいだに生じるあの距離を、彼はなくしてくれる。

たそがれ、——昼がその最後の力を使いはたすあの苦悩の時刻に、私は猫をかたわらに呼んで私の不安をしずめた。そのような不安を、私は誰に打ちあけることができたか？「ぼくを安心させてくれ」と、私は猫にいうのだ、「夜が近づく、そして夜とともに、ぼくの身近な妖怪どもが立ちあらわれる、ぼくはこわい。三度、すなわち昼が去るとき、ぼくが眠りにはいるとき、ぼくがふっと目をさますとき。三度、ぼくを置きざりにする、ぼくのつかんだと思っていたものが、ぼくをすりぬけて……。ぼくはこわい、空白に戸口をあけるそうした瞬間が、――のぼってくる夜がきみを息づまらせようとするときが、睡眠がきみをのみこむときが、きみが真夜中に、どれがきみであるかを見さだめ、何がきみでないかを考えるときが。昼はきみの気もまぎれる、だが真夜中は舞台装置をもたない。」

　ムールーは執拗にだまっていた。私はまなざしで彼によりかかる、彼のいることが私に信頼感をあたえた（かたわらに誰かがいること[2]、そこにすべてが含まれていた）。ムールーをながめながら、祝福された瞬間のことを考えよう。いつか夕方に、ポプラの並木の下を通って、私はそれらの高い枝がみんな一つにとけあっているのを見た。また、私は見た、ある正午を、太陽にまぶしく光る野原を前にして、そして素直にうなずいた。月光に照らされた廃墟を前にして、私は思った、人間は人間から受けつぐことができると、そしてこの受けついだもろいもので足りると。けさ、戸口をあけるとき、ふと暑気が私をとらえた。――ざっとこうである。

　きみは何もいわない、だが私はきみの声をきくように思う。

「ぼくはあの花だ、あの空だ、あの椅子だ。ぼくはあの廃墟だった、あの風、あの暑気だった。さまざまに仮装しているぼくを、きみはそれとすぐにはわからないのか？　きみはぼくを猫だと思っている、それはきみがきみを人間だと思っているからだ。」

「大洋における塩のように、空中における叫びのように、愛における合一のように、ぼくはあらゆるぼくの外見のなかにひろがっている。もしきみがのぞむならば、そうした外見はぼくの内部にかえるだろう、疲れた小鳥たちが夕方巣にかえるように。頭をめぐらせよ、瞬間を否定せよ。きみの思考にどんな目的もあたえないで考えよ。きみの身をゆだねよ、仔猫が母親の口にくわえられ、誰にもみつからない場所にはこばれるときのように。*」

ムールーはしあわせである。この世界が、いつはてるともなく彼自身とまじえているあのたたかいに加わりながら、ムールーは、彼をあやつっている幻影をつきやぶろうとはしない。彼は遊ぶ、そして遊んでいる自分をながめようとは思わない。彼をながめるのは私であって、彼がまったく隙のない正確な運動で、彼の役目をはたしているのを見て、私はうれしくなる。どんな瞬間にも、彼はその行動において全的である。物をたべたいと思えば、彼の目は料理場から出てくる皿をはなれない。その目は非常にはげしい欲求をあらわしていて、彼が食物そのものにのり移ったかと思われるほどだ。そして、彼のひざの上で

* ここには『ウパニシャッド』の言葉が認められるだろう。

手まりのようにまるくなるときは、そのやさしさのすべてを出しつくすのである。どこをさがしても、隙間というものが私にはみつからない。彼の行為は彼の運動と一致し、彼の運動は彼の食欲と、彼の食欲は彼が目にする映像と一致する。それは切れ目のない鎖の輪だ。もし猫が前肢の片方をまげて招く形をするならば、それをまげることが必要なのであり、しかもまげてただ招く形をすることだけが必要なのである。ギリシアの瓶《かめ》のもっとも調和的な輪郭も、そんな必要性をもってはいない。

そのような充実が、自分の身をふりかえるとき、私を悲しくさせる。私は自分を人間だと感じる、ということは、つまり手足の不具な存在だということだ。私は知っている、――私は劇の終らないうちにつまずくだろうことを、そして私の役の相手が私に問いかける疑問にたいして、受け答えをわすれ、せりふにつまったままでいるだろうことを。何か欠けたものがある。それで私は、自分がすきだといっていたあのような存在にひきつけられるのだ、と同時に、自分でぬけだすことのできなかった自分自身というものにひきつけられるのだ。ある必要性が欠けていて私を困惑させるものが、私の人間の条件から私を遠くにはこびさるのである。人間は、自分たちの仲間から誰かが出て行くのを好まない、というのも、人間は自分というものから出て行くのを好まないから。人間は、ムールーが猫であることに満足しているのとおなじように、人間であることに満足している。しかしムールーはそれでいいが人間はそれではいけない。なぜなら、ムールーは、彼がしなくてはならないことをやっているだけだが、人間の場合、その位置を守ってはいられないから。そのことを人間にのみこませたい、と私は思う。われわれには、しなくてはならないことは何もない、それでいてわれわれの位置を守ってはいられない。逃げるよりほかはない。(3)ムールーとのあいだには、堅い地面などただの一歩もない、ムールーとのあいだには……。

II

長年、私は猫をほしいと思っていた、――研究のあいまに私の相手をしてくれて、私の恒常の思考、私の唯一の幸福を形成しているものに、私をもっとたびたび近づけてくれるような猫を。おそらく、私の生来の感情にしたがったならば、むしろ犬を選んだであろう。私の生活をめぐってそそがれる犬の熱意、その態度の率直さ、そのはずむ心は、人間においても、それがもっとも愛すべきものであると私に信じさせたであろう。しかし、大切なのは、自分の気に入るということではなかった……。そんなときに、墓掘り人が、私に猫を一匹くれたのであった。

その墓掘り人は、町の重要な役人で、墓地の入口にある一軒の家に住んでいた。彼は非常にお金をもうけていた。墓を掘るのはすべて彼の仕事だったし、庭につくっている花は遺族の人たちに売ったたし、遺骸の発掘も彼の実入りになったのである。それは、収入にほとんどむらのない、よい職業であり、しかも彼のいうところによれば、降るときよりも照るときのほうがいい商売だった。それで、自分からは手をくださずに、日やとい労務者たちを指図するだけにとどめていた。

私が彼と知りあいになったのは、とある喪のあとで、毎日墓地へ行くようになってからであった。

子供のころ、墓地は私に恐怖をあたえた。日中、陽があたっていても、何かねばねばして、陰気で、くらい感じがした。それは丘の斜面にあって谷間と海に面し、いちいの木のくろいしげみで、空や草はらや海のみどりと対照をなしていた。私は一年に一度しかそこにはいらなかった、諸聖人の祝日(4)に、中学の級友たちといっしょに。骨ばって、きびしい目をした、司祭職の校長が、その日は、死者たちの晩課のあとで、われわれをそこへ引率して行った。焼き栗や菊の花を売る商人たちが、入口にむらがっていた。雨が降っていた、というよりもむしろ非常にこまかい、非常につめたい霧雨が、あたりの風景をけむらせていた。司祭は花崗岩の大きな十字架(布教の記念)のところまでまっすぐに歩いて行った。その十字架の台座には、ラテン語でこんな碑銘があった、——唯一の希望なる十字架を称えよ *Ave Crux Spes Unica*。われわれは司祭のまわりにあつまった。すると、するどいかみそりのような声で、彼は死者たちへの連禱をとなえた。まったく、この日こそ希望のない日であった。唯一の希望なる十字架を称えよという碑銘の言葉は、私をとりまいていた物、すぐにも私を絶望におとし入れようとしていた物とおなじほど、おそろしく見えた。絶望におとし入れようとしていたといっては早すぎる、なぜなら、私はそうした物を現実だと見なす年ではなかったから。はかない舞台装置、——そのような装置が、信じるにはあまりにも肉体から遊離した精神を、そのとき、ふと幻覚におとし入れたというべきであろうか？　私はよくあの遠い午後の終りを思いうかべるのであった。とある壁にもたれていた私は、いままでじっとながめていた木（りんごの木）が斑点《しみ》をとるように消えて行き、自分といっしょに私をひっぱりこみ、私をのみこんでしまうのを見たのである。

そのような恐怖の念は、私が愛していたある人を失った日から、なくなってしまった。夏の毎日、昼食をすませると、私はすぐ墓地に出かけた。(5)この小さな町のどんな庭よりも、ここは花が豊富だった。私はあちこちの小道を散歩した、白い木の柵をめぐらし、きづたにふちどられ、文字をきざんだ、平らないくつもの墓石にそって。

私が好んだのは、もっとも単純な墓、砂で被って、その砂の地に、白い貝殻でこしらえた十字架が浮きだしている。だが、何よりも私の気に入ったのは花だった、豊富な花、あらゆる色どりの花、そしてその匂いが通りすがりに私をひきとめた。墓地は、そのぜんたいが香気をはなち、正午の時刻には、まだ疲れていない散歩者の私を、熟成、静寂、または充実がかもしだすかるい陶酔にひき入れた。

私はそんな平和をたのしんだ、そして、さらにそれ以上に、——かつては敵意に満ちた顔を私に示した死者たちの土地へのあの親近感を、たのしんだ。ある人をこの墓地に委ねてしまってからは、もはや他国の土地へはいるような気がしなくなった。

私の家にもらう仔猫が生まれることになったのは、この墓地のなかである。その母親は墓掘り人に飼われていた。悲嘆や物めずらしさでここにやってくる人たちにまじって、墓石のあいだを走っているその母親の姿がよく見られた。それはうす墨色の虎猫で、平凡なというよりほかになんの特徴もなく、その子供たちもこの母親に似ていた。(私は何も帝王《カエサル》の伝記を語ろうとしているのではない。)

ムールーが私の家にはいったときは、生まれてから一か月になったかならずであった。猫というよりは、大きなねずみに似ていた。活溌で、陽気で(人間でいえば、かしこいというところだ)、自分の宿命にしばられてはいないように見えた。変化がすきだった。一つところにじっとしてはいなかった。乳離れしたばかりだったので、カーペットでも、椅子でも、壁掛けでも、なんでもかじろうとした。

数日経つと、階段にぶつかって行ったが、段々があまりにも高すぎた。前肢を踏み段にのせはしたが、あとがつづかなかった。

やがて、その階段を毎朝のぼり、二つの階をかけあがるようになった。二階の踊り場(6)につくと、彼は鳴き声をあげて呼ぶ。私は半眠りのままでおきあがって、戸口をあける。彼はもう敷居のところにきていた。私はあわててとびこむ彼の姿が見られるものと思っていた。ところが、さにあらず、私をちらと見てとると、すぐさま威厳に満ちた態度をとり、ゆるやかな、ゆったりとした足どりで進んできた。まるで、一国の政府を代表する心構えを見せた大使か、雨の下をゆるやかにあゆみ、「司教は走るものではない」といったボシュエ(7)のように。それから彼は、私がふたたびもぐりこんでいるベッドに、ひらりと一とびにとび移る。そして、私の頭に近づいてシーツのくぼみにうずくまり、居眠りをはじめる。それは私がおきるまで、ときにはもっとおそくまでつづく。

しばしば、私は、そのようにして私のベッドにねながら、または部屋のなかを歩きまわりながら——非常に高いところにあるその位置が、部屋を家のなかで完全に孤立させている屋根うら部屋、船の独房のようなつくりの部屋だった——自分がさびしい孤島にいるように思った。私のまわりに見えるものは、壁掛け、カーペット、姿見、そしてただ一つひらいた口として、せまい高窓があった。

その部屋で、私は十指にあまる年数を、夏ごとに、私の人生を眠るためにすごしたのである。私は幻想的な計画ではなく、実際的な計画をつみあげていた、——といっても、それの応用が私に役立つものとは思われなかった計画を。

そんなふうにして横たわりながら、私は何時間も、何日も、何月も、読むか、書くか、夢想するかして、すごした。ベッドやテーブルからは、なかぞらと、近所の庭の大木の梢しか見えなかった。私は一つところから他方へとかさなって行く静寂にとりかこまれていた。家の静寂、庭の静寂、小さな町の静寂。私はそうした綿の層の下で息づまっていた。それをはらいのけたかった。

猫は午前中ずっと私といっしょにいた。紙をまるめて投げつけると、それをつかまえ、さらに遠くへ自分で投げた。なんというたのしい競技！　私は彼がベッドの下にもぐったり、見えなくなったり、あらわれたり、立ちどまったり、かけだしたりするのを見た。それから、あれほどたのしそうに追っかけていたものをわすれ、私が本を読んでいる仕事机の上にとびのる。私がページをくるのを、その前肢の片方でじゃまをしておもしろがる。またあるときは、書物の上にねようとする。私の読書は、そうした夏の朝はいつも、彼の相手をすることで、影響を受けた。私はほとんど『千一夜』しかひらかなかった。私は午前中は外出しなかった。外出すると、私は一日中ふきげんになった。ムールーが仔猫のとき、私は彼からそのような規則をまなんだのであった。彼はどんな事情があってもそとへは出なかったのである。ただ、彼がそんなふうに私の読んでいるもののことを考えながら私の部屋にいるときも、十一時になると、がまんできないという合図をするのだった。私は彼がおりて行けるように、戸口をあけてやる。まだ昼食ができていないことを知っている私は、べつにいそいでいるわけではなかった。それに私には、ありあまるほどの時間があった、——私の誕生に先立っていた時間とおなじほど無辺際な、私の死につづくであろう時間。かくも満ち満ちている太陽年の諸時間は、私におしえるのだった、待つべき何物もなければ、失うべき何物も私にはないのだと。

ところが、一階で、私の母がムールーを叱っている声がきこえる。ムールーがあまりにそうぞうしくせがむので、母はその食いしんぼうをたしなめているのだった。母にとって、「食間にたべものをほしがる」のは、ゆるすことのできない欠点だった。ムールーは、そこで、最大のがまんをして正午を待った。私たちが食事をしているあいだ、彼は女中とともに料理場でおとなしくしていた。食堂へ入れてもらえるのは、祭日（とまだほかにいくらかあったが）にかぎられていたのである。しかし、ムールーがその場にいなくても、私たちは彼のことを話し、またときには、会話がのりあげそうなあらゆる暗礁から、彼は会話をそらせる口実に役立つのであった。

子供時代に動物のそばで暮らした人がふたたび動物を相手に遊ぶのは、大きなたのしみである。ムールーが棕櫚の木蔭にねそべってひるねをしているのをながめながら、私はそのことを考えた。けれども、むかし私たちがそだてた猫はみんな、またつぎに飼おうという勇気をなくさせた。どれもこれも終りがいけなかった。仔猫のころは庭で遊んでも、そこからそとへ出るということはなかった。それが年をとるとともに大胆になり、歓楽と快楽との生活を送るようになった。夕方にかえってくる姿が見られなくなった。ときにはひきつづいて二晩もそとでねた。夕靄に向かっていくら名を呼んでもむなしく、遊蕩と疲労とでへとへとになってからでなくてはかえろうとしなかった。子供のころの私に、何度彼らは不安な夜をすごさせたことであろう！　とうとうある日、望みはつきた。もう猫のうわさをきかなくなった。近所の誰かが、花を荒らしているのを見て腹をたて、殺してしまったのか？　それとも、どこかの牝猫のところにはいりこみ、そこに宿と食物とを見出したのであろうか？　彼らの生活にあっては、すべてが神秘である。

猫たちのそんな行方不明は、出発したきりでかえってこない船のそれを考えさせる。われわれが船の遭難者たちのまわりに比較的多くの詩情をよせたとすれば、問題が人間に関していたからである。だが、ムールーが眠っているあいだに、私は考えていた、――猫たちのあのさまよえる種族のことを。そうした種族は、目に見えない普遍的存在なるものを、ほのかに匂わせるのである。

彼らの生活は、他の動物たちの生活とは正反対である。彼らは他の動物たちが眠っているときに目がさめている。夜、庭はジャングルに変わり、屋根には、中世紀の教団の苦行者たちにも似た、黒や、白や、うす墨色のお化けが横行している。どんな仕事も卑しいと考える豪奢なものたちが、そんなところで、われわれのなかのもっとも富んだ連中だけが望むことのできるなまめかしい饗宴《フェート・ギャラント》に憂き身をやつすのである。

Ⅲ

かわいがったものについては、書くべきことがいくらでもあろうから、そういうものは当事者にしか興味のないことだということを、適当なときに思い出さなくてはならない。普遍的な思想だけがうまく人々を感動させるというのも、普遍的な思想は、人々の「知性」にうったえようと心がけているからだ。おなじ理由から、「反省」させるもの、悲観させるもののほうが、他のものよりも好まれる。「あれはいつもあんな変な恰好をしているのか?」と、ある人がチャップリンについてたずねた。しかし、変な恰好をしているのは、チャップリンでもドン・キホーテでもなく、他者なのである。一匹の猫にどうしてそうまで興味をもつことができるのか、そんなものは、いわゆる「問題」のなかに生き、政治的、宗教的、その他の思想をもった考える人、理論家にふさわしい主題であるかどうか、と人は疑問に思う。思想、――なるほど結構! だが、それでも猫は存在する。そして、猫と、そうした思想なるものとのあいだにあるのは、程度の差なのだ。

それに、人間たちのあいだを区別しているものは、彼らのいわゆる思想ではない。それは彼らの行動である。そのことは、猫についてははっきりと認められる。人間ぎらいや利己的な人間は猫を好む。行動的な人間はそんなことをするひまがない。南方の民族は猫にねり粉や残飯をやる。かわいそうな猫たちは、もっと上等な食事にありつきたいと思って、たべ渋っている。だがそんな上等なものは出てこないので、いやいやたべることになる。彼らは青空と太陽にすがりつく。猫は北方の国々でなくては真に幸福になれないのであって、病院にあずける猫を専用にはこぶためにデン・ハーグの通りを走っていたあの金網仕切りのトラックを私は感動をもって思い出す。病気や事故から保護されている幸福なきみたち、そして、あたためられた部屋から、運河にそってはしけを走らせている船頭たちの運動、きみたちの魂のそれにうまく一致した運動を、一日中ながめることができる幸福なきみたち、猫！　一年中、靄と全階暖房と葉巻きとの、やんわりとした雰囲気のなかで、伸びをしている幸福なきみたち、猫！

ボードレールの猫はこの種類だったにちがいない、——赤道から急にさむい国々に移され、ストーヴのまわりに生きる動物。プルタルコスが語っている猫、豪華なねどこに、馥郁としてねそべり、神々の生活を送っている彼らも、そうであったにちがいない。彼らの瞳孔は、その瞳孔のひろがりに応じて、地平線上の太陽の高さを追う。彼らは地上における太陽の生きた像となり、ヘリオポリス[8]では人々は彼らを崇拝する。彼らの瞳は満月のときに拡大し、月が欠けると縮小する。火事がおこると、ヘロドトスのいうところでは、猫たちはふしぎな衝動の犠牲になる。彼らはエジプト人たちのひしめきあう列のあいだにすべりこんだり、人々の上にはねあがって火焔のなかにとびこんだりするのである。深いなげきが、そんなとき見ている人々をおそい、その人々はやがて眉毛をそり、一方、女たちは衣服をひき裂きながら町のなかをかけ歩く。

猫に関する物語は数えきれないほどある。私はできることならそれらをあつめてみたいと思った。すでにジャーヌ・ダゾン、マニャン、アベル・ダッシーなどの書物を参照した。私はまた、『猫』に関するモンクリフの無類の快著(9)を読んだ。私はおしえられた、――アンリー三世(これは悪王だった)は猫という言葉をきいただけでけいれんにおちいったし、かつてレーニンは、人としゃべっているあいだ、猫を愛撫していて、猫との接触から新しい力を汲みとったということを。そのようにくだらない事柄についてのそんな博識も、私を不愉快にはしなかった。人生は一つの狂気であり、この世界は一片のはかない煙であると思っていた時期に、「浮薄な」主題についてのまじめな研究ほど私にふさわしいものはなかった。それは生きるたすけ、生きながらえるたすけになる。やってくる日に耐えて行こうとすれば、なにがしかの対象に数時間熱中するに越したことはない。ルナンは毎朝へブライ語の辞典を読み、生きるなぐさめにした。私はいわゆる「研究」もそれとはちがったことをするものであろうとは思わない。人がおしえられるものは、すべて軽蔑すべきものばかりだ、しかしわれわれに完結を期待させる忍耐のわざをおしえられるのは、軽蔑すべきことではない。[10]

しかも、ある絶対に到達するためには、自己から、またすべての人間から超越しなくてはならないとすれば、われわれが通常「人間」にはあると認めている感情、その感情を認めることができないような動物ほど、われわれにとっていい手本があるだろうか。おなじく、インドに関心をもつのもいい。インドは非人間的な国である、そこにはギリシアにおけると同様にわれわれ人間の尺度で考えられるものは何もない。それは私にとって啓示であり、鍵であり、自己顕現であった。だが、自己の力を過信していたということ、それを私がおしえられたのはムールーの死からなのである。

Ⅳ

家をひきはらわなくてはならなくなったので、私たち、母と私はムールーをどう始末しようかと思案した。しばらく前から、母はつぎのように言いながら、憐れみに耐えないようにムールーをながめた、――「かわいそうなムールー、私たちの出発はおまえを失うことになるのよ、私たちはすべてを同時に失うのだわ、家も動物も。」そしてムールーは、何かおいしいものをめぐんでもらうのであった。ひそかなぬけだしのむくいである負傷から恢復するには、そんなごちそうが必要だった。数日家をあけたあと、最後に（それは復活祭だった）かえってきたとき、両眼は血にまみれ、前肢を一本折り、からだに銃創を負っていた。私はその知らせをアテネで受けた。そして、あんなに私が愛着した、しかもあんなに長く愛着した動物の視力が失われたという考え方が、愛する町をめぐっての散歩のあいだ、私につきまとった。一つの町を愛する、一匹の獣を愛する、一人の女性を愛する、一人の友人を愛する、――われわれの精神がとかく他から区別することにつとめ、われわれの心がいともさりげなく融合してしまうそうしたすべての愛情をあらわすには一つの言葉しかない。ある説教者は、ロザリオの祈りを軽蔑する人たちにたいして、その祈りを弁護した。「なるほどおなじ文句のくりかえしですよ」と彼はいった、「しかし、人が愛するとき、私はあなたを愛します、とよりほかに言いようがありますか？　愛は、それ自身のなかに、すべての時、すべての存在をよせあつめているのです。」それに、私はアテネで、古代人が動物の威厳を無視しなかったこと、古代人は動物を宗教的な祭典にも内輪の喪にも参加させていたことを知った。馬がパルテノンのフリーズのおもてにとびあがっているのは、女神へのお供の列を組むためにほかならないし、また墓碑の石柱のおもてにも、故人の犬がわすれられてはいないのである。

それらの動物は、人間の日常生活に立ちまじり、人間とよろこびやくるしみをともにする。アテネに着いて、一人の子供が死ぬという事故に出あったフランスの大作家の誰かが、そのために、アクロポリスの丘(11)のまえで彼の賞讃の念がうすらぐのを感じるということがあっても、べつにおどろくにあたらないのではないか？　逆にいえば、そこは、世界のなかで、心情の諸事件にたいしてもっとも真実な共感、もっとも誠実な同情をひきおこす場所ではないのか？　共感、同情、この二つはいかにもぴったりと人間的であって、ただ一つ、非難することができるとすれば、あまりにも他を排除して人間的でありすぎるということであり、彼方の世界の力にすがることを知らないように思われるということだ。この町で、一匹の獣の不幸を考えることは、このような思想に一種の高貴さをあたえることである。想像上の滑稽さにつねにあまりにも敏感でありすぎるフランスの一精神にとって、必要なのは、この種の高貴さであるだろう。

しかし、肢が折れ、目がつぶれ、自分の力で生きて行くことができず、とりわけなぜ自分がひどくやられたのかわからないで、夜通しじっと動かずに、みじめな生活を送る猫を思いうかべたとき、彼にとってはむしろ死んだほうがましだろう、と私は内心でつぶやいた。というよりもむしろ私は表面的にこう考えたのだ、——そのほうが彼のためだと。実際には、自分が愛していた存在のくるしみを見るにしのびなかったのだ。彼にしてみれば、もし気分はどうかときかれたら、ラ・フォンテーヌの木こり(12)のように答えたかもしれない。不幸なものたちにたいするわれわれの憐れみは、とかく得手勝手で、憐れむことによって彼らのみじめさを見ないですませようとし、彼らのやすらかな死をねがうのである。おそらくまたわれわれは、愛するものたちの痛手にたいしては、痛手を負った当事者自身よりも、素直に対処できないということであろう。たとえば、結婚した娘たちがだんだん窮乏におちいって行ったある父親の口から、つぎのようにいわれるのを私は耳にしたことがある、——無一物になって生きていると知らされるよりは死んだと知らされるほうがましだと。その娘たちは若いころはすべてが満ちたりていたのであった。

私が旅からかえったとき、ムールーはよくなっていた。だが片方の目はすでに損われ、そこには血の色をした眼球しか見られなかった。私の母は彼を死なせる勇気もなかったと私にいった。それほどあわれだったのだ。何日も長いあいだ、彼は料理場の箱の奥にひっこんだきりだった。束縛されるのがきらいで、戸外に出歩くことを好み、病気のときは決して姿を見せようとはしなかったあのムールーが。母はこまかい心づかいで世話をしてやったのだ。それでやっといまは歩けるようになり、ものがたべられるようになっていた。しかし、なにか陰鬱なものが、彼にとりついてしまった。もう障害者でしかなかったし、自分でもそれを意識していた。

夏のおわりに、いよいよムールーの運命を決めなくてはならなくなった。彼をいっしょにつれて行くことはもちろん問題外だった。旅の長さ、送り先の不確定、途中の宿泊が多いことからも、それはゆるされなかった。いちばんいいのは人にゆずることであっただろう。私の友人のギユー(13)が、ひきとってやろうといってくれた。ギユーの家の庭でだったら、ムールーは大名生活を送ることができただろう。牝猫がたのしい相手をつとめてくれるにきまっていた。しかし牡犬のトトは、にぎやかになるとうれしくてたまらないかのように、獣と人間との区別なく訪問者の誰にでもとびつくのだ。そのうちに、ギユーも町をはなれることになった。

あとは近所の人たちだった。左隣りには老人が一人いて、これまで何度もムールーがこの老人のベッドにねていたり、ひよこの一羽をしめ殺そうとしたりしているのが見つかっていたが、ムールーには好感を示していた。だが、この人は夏を田舎ですごすのだ。そのあいだムールーはどうなるのか？　もう一方の隣りは役人だが、ブルターニュに定住するかどうかはたしかでなかった。カルカッソーヌの生まれで、当然のことながら、この故郷の町がその人にはもっとも美しい町だと思われていた。一つところをはなれない動物を、その人にあずけることはできなかった。

猫は旅行を好まない、ただ自由を好む。猫はあちこちをさまよい歩いても、いつも自分がむすびついている地点にかえってくる。人間よりも家を好んでいるといわれるわけだ。われわれの心にはそうとは信じられない。けっきょくムールーは誰にもあずけることができなかった。他の人たちには、彼と顔をあわせて暮らした習慣がない。顔をあわせている習慣は、愛している習慣と同義である。私のほうは、ムールーといっしょに長いあいだ生きてきたのであった。

私たちはまた、この動物をすてて行くこともできなかった。受けた傷から判断して、界隈の敵は多数にのぼるはずであった。近所のある男が猫ぎらいだというううわさをきいた私の母は、その男のところへ出かけて行ったが、細君しかいなかった。「なんですって、おくさん」と、その細君がいった、「うちの人は猟銃はもってませんわ、ただ小銃を一挺もってるけれど、それはうさぎ狩りのためなんですよ。」私の母がしつこくきくので、細君は私の母の嘆きに同調した、「おたくのかわいそうな猫のように、罪もない動物に、どうしてまあそんなひどいことができるんでしょうね。」ところが、あとで私の耳にはいったところによると、その男は（名前はここでは言いたくないが）猫にたいして猛烈な敵意をもっていた。その男は自分の飼い犬たちをけしかけて、猫に向かわせることに残酷な快楽を感じていたのである。

これではとてもムールーを人にやることは不可能だった。この界隈に、敵がいるということは、ムールーにとって、たえず死の危険にさらされていることを意味した。どうしてもムールーを犠牲にしなくてはならなかった。彼をできるだけくるしませないような手段について、私は問いあわせることになった。

獣医のセルヴェル氏が十二フランで犬や猫を殺してくれることをききこんだ。出発前日、私はいよいよ決心した。セルヴェル氏は留守で、昼食にしかかえらないということだった。私は家にかえった。母がそのへんにいるムールーを呼んだ。母は上等の食事をたっぷりとあたえた。ひさしぶりにありついた最上の食事であった。さながら死刑囚へのふるまいである。

急速に事をはこぶために、猫を料理場にとじこめ、猫のからだに合ったかごを選んだ。

それから、一時になると私は猫をそのかごのなかに大した抵抗も受けずにおしこんで、獣医のもとに出かけた。お天気がよく、私が端から端まで横切らなくてはならなかった公園は、人でいっぱいになりはじめていた。商店の店員や労務者たちで、彼らはマロニエや菩提樹のかげで午後の仕事はじめの時間を待っていた。ひっきりなしに動いてかごの平衡をやぶっていた猫は、よわよわしい声で鳴きはじめた。だが、それもまもなくやんだ。ついで私は、どんな特権で人間は動物にたいする生殺与奪の権利をほしいままにできるのか、と自分にたずねた。だが、獣医はそんな問題を自分に課しはしなかった。彼は庭でその妻といっしょにコーヒーを飲んでいたが、すぐに立ちあがって医務室に私を通した。彼は「いい猫だ」という所見を述べて、首の皮膚をつまみあげた。ムールーはひどくあばれて、『田園生活』、『庭園と家畜農園』、『フランス獣医年鑑』などを倒した。私たちはムールーをむりやりに袋のなかに入れた。というのも、セルヴェル氏がいうように、「この種の獣類は虎に似たところがあるので、袋の上からでなくては注射のやりようがない」からである。獣医は猫を袋の底まですべりこませると、すぐに袋をしばり、ムールーがもう動けないようにした。もっとも、ムールーも投げこまれた暗黒のなかで、おびえきって動こうともしなかった。獣医はその袋を小屋にはこんだ。そのあいだ私はひかえ室で、時計の振り子、服ブラシ、雨傘、サロンへの戸口の上にかかっている鹿の角かざりをながめていた。

やがて、「さあ、すみました」という声がきこえ、主人が猫をもってもどってきた。「私のほうで処置しましょうか?」と彼がいった。私はことわった。かごに入れてもってかえりたかったのである。それで、計算書をつくってもらうだけにした。私はかごをわきにかかえて出て行ったが、そのとき獣医の妻はコーヒーを飲みおわるところだった。公園はもう子守りや年寄りの男たちに占領されていた。かごはもつのが重かった。母はひどく気をもんで私を待っていた。私は死骸をとりだした。目はガラス玉のようになり、毛は肌にくっつき、肢はぶらんぶらんだった。私はそんなムールーにおどろくべき従順と放棄の姿を見た。ある普遍的な愛の法則に、彼は抗しきれなかった。われわれの上にはめったにはたらかない法則、だが、それは彼の存在をはじめから領していたのであり、彼の存在を形づくり肉づけていたのであった。かつては太陽が彼に焼けつくように思われ、夜が氷のように感じられることがあったかもしれない。これからは、彼がうまく合致して行けないようなところはこの世界のどこにもなかった。どこででも快く迎えられ、歓待されるだろう。迎えられる場所の形にぴったりとおさまり、すこしずつその場所にとけこむだろう。かたくなな抵抗は絶対の服従となり、やがてまた新しい存在のなかに、反抗の形をとってふたたび浮かびあがってくる。そして、そのような動乱と平和の交代が、普遍的な生命を構成していたのである。

彼を埋葬しなくてはならなかった。獣医が「猫をひきうけよう」と申し出たのは、おそらくその皮を売るためでしかなかったのだ。もっとも、飼い猫の皮は、そのころのもっとも新しい相場で、三フランしかしなかった。母は木箱に入れて猫を埋めようと考えていたが、私はすでにラファイエット百貨店のボール箱に彼をねかせていた。「そのほうがいいわ」と、私の叔母[14]がいった、「からだがはやくくさるから。」そこで私は、庭の一隅の大きな月桂樹の足もとに穴を掘った。そこなら確実に誰も彼の休息をみだしに行く気にはならないだろう。

いまやムールーは彼が愛した庭のなかに眠ることになった。そこなら、自分の家にいるようなものだった。シュレーヌに近いあんな島[15]に埋められるパリの猫たちよりは幸福だ。とくに、つみかさねられ心臓をしめつけられている、あの共同墓地の人間たちよりは幸福だ。ヴィア・アッピア[16]にそったカンパニアの所有地に埋められている富んだローマ人たちとおなじように幸福だ。彼はそこにおちついた、——はやくもその晩から、おちてくる枯れ葉につつまれて。私はといえば、私はいそいで部屋にあがった。私たちはその翌日出発することになっていたのに、準備は終っていなかった。

ケルゲレン諸島（1）

*私は、しきりに夢想した、一人で、異邦の町に私がやってくることを、一人で、まったくの無一物で。私はみすぼらしく、むしろみじめにさえ暮らしたことだろう。何よりもまず私は秘密を守っただろう。私自身を語る、人の前で自分をあかす、私の名を出して行動する、そういうことはあきらかに私のもっている、しかもいちばん大切な何かをそとにもらしてしまうことであったようにいつも私には思われた。いってみれば、それはおそらく弱気のしるしにすぎないかもしれないし、およそ人間にとって、単に存在するために必要であるばかりでなく、またその存在を確認するために必要な力を欠いているしるしにすぎないかもしれない。私にはもううぬぼれはないし、そうした生来の弱点を魂の優越性のように見せるつもりもない。そういうことではなくて、私にはつねに秘密への好みがのこっているのだ。私は自分一人だけのある生活をもつというあの快楽のために、しがない行動をかくすのである。

ある秘密の生活。孤独の生活ではなくて、秘密の生活。私は長いあいだ、そういう生活が実現できると思ってきた。孤独の生活、それは一種のユートピアである。ルソーはエルムノンヴィル(2)においてさえも迫害された。だが、秘密の生活、たとえばデカルト(3)はそんな生活をオランダで送った。デカルトの生活の一様さ、連続性、知名度と、その生活の絶対的な単純さは、一定の体系に忠実にしたがってくずれない。アムステルダムの彼の家は、町のまんなかに位置していて、なるほど記念標札をかかげなくてはならないと人が思ったくらいありふれた家である。標札が張りつけられなければわからないほどのそんなありふれたつくりのおかげで、デカルトは一人離れて暮らす自由がえられたのであった。「有能で活動的なすぐれた国民、他人の仕事に興味をもつよりは自分の仕事を大切にする国の群衆にまじって、極めて繁華な都会でえられる便宜を何一つ欠くことなく、私はもっとも遠い無人の地にいるのとおなじほど孤独で隠遁的な生活をいとなむことができた。」デカルトは防火措置(4)をとったのだ。つまり、自分の精神を自分だけのためにとっておくことができるように、よけいな生活を完全に放棄したのである。

＊ 私はやむなく「私」という人称にする。私は元来、小説家が使う「彼」のよそよそしさも、「私」の正直さも、それほど信用しないのだ。

おなじような理由で、私は、自分がヴェネチアですごした日々を、生涯のもっとも幸福な日々のなかにかぞえ入れる、というのも、長い旅につづいてそこに着いた私は、一週間経つと完全に金がなくなってしまったからである。フランスにたどりつくことは不可能だった、ともかくも私はある職につく決心をした。私はうれしかった、というのも、希望のない仕事の嫌悪感を知らなかったからである。フランスの領事館は、もちろん私をていねいに追いはらった。ベルリッツ外国語学院(5)では、あいていたたった一つのポストを「まさに」補充したばかりだった。ピアツェッタ(6)に店をかまえたフランス人の商人が、自分もおなじ困難に出あったと私にいって、外国人の客を迎える仕事でホテルのフロントにつとめるようにすすめた。その仕事は徹夜をして昼も半日そこにいなくてはならないから、すこしつらかった、——しかしこれは若いときのことだ……。そうした現実はもはや私の関心事ではなかった。

まさしく私がのぞんでいたことは、現実の事柄から自分をひきはなすことであり、自然の状態(7)にもどることだった。もちろん、大自然はそのような状態に反していることを私はよく感じている、なぜなら大自然は闘争と恐怖だから。大自然というものは！　しかし、ヴェネチアで一か月長く暮らすことになったが、かりにそうならなかったとしても、私は潟(8)めぐりなどは一切やめて、場末の安映画を一つ見ただろう。

単なる物質的拘束（といっても、決して単純に物質的でありえないことを、当時の私はまだ知らなかったが）、そんな物質的拘束以外のどんな拘束からも自由な、いわゆる理想的生活は、私にはすぐにわざとらしく空虚に見えたことだろう。はじめはいつも美しい、あとになるほどそうではなくなる。鉛板の牢獄(9)から脱走したカザノーヴァ(10)が、スキアヴォニ海岸通り《リヴァ・スキアヴォニ》の空気を吸った朝の、なんというすがすがしさ。私には彼の陶酔が容易に想像できる。だが、カザノーヴァがさらに遠くへ逃亡しなくてもよかったとしても、スキアヴォニ海岸通りは、その翌日からは彼にはよほど単調に見えたことだろう。だからカザノーヴァは、逃亡する必要がなくても、たえずある国から他の国へととび移るのだ。彼は約束をとりかわした数多くの女たちに自分は結婚するためにつくられた人間ではないといった。だが、その彼もついにはボヘミアのある古い城と結婚するにいたり、そこで彼のもっともわびしい日々、彼の最晩年の日々を送るのだ。詩人たちは彼らの回春の泉《オー・ド・ジューヴァンス》(11)でわれわれをあざむく。精神と時間とのあいだには、耐えがたいある関係が存在する。若さ、自由、愛……、それらはなぜいつも私に思い出させるのであろう、スタンダールを読んで以来、彼のあの簡単なノートを、彼がサン・ピエトロ・イン・モントリオで、彼の愛した風景を前にして書きつけた言葉を、——「きょうで私は五十歳になる。(12)」このへんでとどめよう、そうでないと、またパスカルにもどらなくてはなるまい。

夢のむなしさを知ったからといって、夢が消えさるものではない。秘密へのあの感覚は、奇妙にも一種の匂いのように執拗に頭につきまとって、窓をあけても、はらいのけることができない。身をもちくずしたある学校友だちが、かつて私にいったことがある、——自分はミュージック・ホールやその他の歓楽の場所に興味はない、心をひかれるのは、まがりくねった通りを歩くときで、そこでは夜がおりると、行きずりの女たちがかるくからだにふれて、低い声で話をもちかけてくる、と。こんな極端な例をひかなくても、深くかくされていないようなつよい感情というものはない、ということができる。地中海諸国の人々、回教徒たち、古代人たちは、私生活を公的生活から切りはなしたのであって、彼らにあっては、一方の生活は他方の生活となんの関係ももたないのである。フランスでは、あなたの私生活の極めて些細な出来事でも、それを知らせないと、あなたの周囲では人々が変に思い、気をわるくする。それから、どうもよくわからないと人がいう感情の一つに、嫉妬がある。人は友だちづきあい、自由、あけすけ、といった問題しか語らない。徳性にも快楽にもふれようとしない奇妙な思考作用。ただ貧困だけは、ある種の環境におかれると、よわい心の人間を近づけ、むすびつきをかためる。貧困は、それがひきおこす障害の大きさによって、外部にある一切のものから一時人々をひきはなすが、隷属的な労働へのやむをえない従事は、たちまち人々を肱つきあわす親しさに立ちかえらせることは事実だ。だが、パリは、どんな人間にもすぐれて開放的な都市である。古い都市は普通もっととざされている。海にひらけ、太陽にひろがるヴェネチアはべつとしても、たとえばヴェローナ、この町はとざされていてはいりこめない。『ロミオとジュリエット』が、ヴェネチアではなくてヴェローナでおこるのは、それだけの理由がそろっている。私が記憶にとどめようと思うのは、ヴェローナのような町だけだ。

　イタリアのある古い町の郊外に住んでいたとき、私は家にかえろうとして、とあるせまい路地をたどった。舗装がわるく、非常に高い二つの塀のあいだにはさまれた、窮屈な路地だった。（平野のまんなかでなら、そんな高い塀を人は考えつかない。）季節は四月か五月だった。路地がまがっているかどのところで、ジャスミンとリラのつよい匂いが私の上にふりかかってきた。壁面にかくれていて、花は私には見えなかった。しかしその花の香を吸うために、私は長く立ちどまっていた。そして私の夜は、その匂いで香ぐわしかった。自分が愛する花をそんなにひたかくしにかくしてとじこめている人たちを、私はどんなに理解したことだろう！　愛の情熱は、そのまわりに要塞をめぐらそうとする。そのとき私は、あらゆるものを美しくする秘密をあがめた、そうした秘密がなければ幸福はないのだ。

見知らぬ町における秘密の生活についての私の夢にもどろう。私は自分をありのままに名のることはないだろう、そればかりか、異邦の人に口をきかなくてはならないときは、むしろありのままよりも以下の人間であるかのように自分を名のるだろう。たとえば、実際にある国を私が知っているとすれば、その国を知らないふりをするだろう。私に親しい思想を人が得々と述べたてるとすれば、私はそれをはじめてきくような態度をとるだろう。私の社会的地位がなんであるかを人にきかれるとすれば、私は自分の地位をひきさげるだろうし、私が労務者の監督であるとすれば、私は自分を労務者だというだろう。私は物知り博士をしゃべらせておき、その人にさからわないだろう。私はできるだけ「格」の高くない社交界に出入りするだろう。パリは、そういう見地からすれば、非常に大きな都市のすべてと同様に貴重な町であり、何かをかくす必要のある人たちは、そのためにこの町を好むのである。彼らはそこで二重の生活、三重の生活といったものを送ることができる。私がここでいう意味は、それで言いつくされるわけではない。何一つかくす必要がなくて、かくれていることもできる。アパルトマンの管理人かホテルのクラークよりほかにかかわりあいをもたずに、絶対になじみのないパリのある区域で、一か月生活することもできる。しかし、そうした生活を守りぬくためには、デカルトのように、一日に二度は管理人かホテルの使用人と、やむなく話をまじえることが絶対に必要である。彼らの口軽で危険なおしゃべりに先手を打つために、こちらから打ちあけ話をしに行くことさえ必要なのである。そしてその打ちあけ話は、こちらがさらに秘密の生活をしようとねがえば、それだけ腹蔵のない、それだけ深い打ちあけ話でなくてはならないだろう。いうまでもなく、そんな打ちあけ話の範囲は、当の生活とはまったく無関係な領域にかぎられるのである。

そういうとき、自分のあらゆる幻想に身をまかせることができるのは、なんというたのしみだろう！　たとえば、見知らぬバーの奥へ行って時間を空費する、そうだ、二時間あまり空費する（ロンドンにも、そんなバーが何軒かあるが、それはある一定の時間にしかひらかれない、そして人々はまるでどろぼうのようにこっそりとそのなかへはいりこむ）、またカフェのギャルソンを相手に、飛行機の最新記録などについて、むだ話をする。そのギャルソンは何一つ疑惑をいだかない、彼は知らない、彼がいつかは死ぬべきことを（私のほうは、それを知っている）。

このような秘密の生活は、したがってかならずしもわざとらしい、恥ずべき生活ではない。それはわれわれを再発見するたすけになることもある。トランプのマニーユ(13)に金を賭ける左官屋との談話は、文芸評論家との会話にもまさって、われわれをパスカル(14)に近づける。もちろん左官屋は、われわれにパスカルはこうやったとは告げない。パスカルはこうもやったにちがいないということを告げるのである。しかし、私は、だからといって、そのような秘密の生活が、かならずわれわれを向上させるものだと主張するつもりはない。私はここではただ、ある行動法を描くにとどめるだけである。

すべてそういうことのなかで特記したいと思うもっとも奇妙な現象は、自分を劣等だと感じる欲求である。ただ動物だけは、恐怖感をいだくと身をかくすのであって、自分がよわいからおそれるのである。この種の生活は、したがって、私の考えでは、内的なよわさを示している。そこには卑下するという病的な欲望、場合によっては、真性のマゾヒズムさえ含まれるのではないか？　目的を達するためには、人々は多くの手段をもちいるが、その最上のものはかけひきである。かけひきは単に商売の要点であるばかりでなく、すべての人間関係を支配する。ところが反対に、ここで私がいうような生活をする人々は、完全にかけひきなしですませようとする、というよりもむしろかけひきの逆手をつかっているかのようだ。彼らは身をかがめ、人に見られないで通りすぎようとつとめ、いざとなれば自分を中傷するのである。聴罪司祭にこまごました疑念をもちこみ、精神分析医のひかえ室につめかけるのは、彼らである。彼らは極端にまで野心を欠くが、卑下する機会をあたえてくれるものならどんな小さなおこぼれでも、それをのがすまいとつとめる。そんなわけで、私の知りあったある大きな食料品店の主人は、店に出す最上品のかんづめを、その製造者に直接注文することができたのに、多分に危険性のある卑下をおし通すために、好んでその製造元まで出かけて行って、下っぱの店員たちに泣きついた。そんな卑下が彼に苦い快楽をあたえるのであった。

以上は、「劣等コンプレックス」による一つの解釈である。さしあたってもう一つの解釈が私に思いうかべられる。これは第一にあげたものと両立しないわけではない。私がいま問題にしている人たちは、名誉であれ不名誉であれ、富裕であれ貧困であれ、一般に人間のあいだにある因習的な差別というものは、どんなものでも滑稽な芝居であるという感情のしみこんだ人たちなのである。この感情は、単なるディレッタントの感情でもなければ、行動家の革命的な感情でもない。むしろ知的な反抗、――人間が宿命的に演じさせられ、またいかにも真剣に取っくんでいるみじめな役柄にたいする内的な反抗なのだ。そうした反抗から、人のひんしゅくを招いてやろうという欲望がおこる。人に呼びかけて名前をまちがえる、――なんだ、名前ぐらい！　用紙のうらに手紙をしたためる。かなしいことを愉快と考え、愉快なことをかなしくとる。規則のいらない行動に規則をもうけ、規則のいる行動から規則をなくする。仮面を投げすてる。それに代るべつの仮面をかぶる。第二のものが第一のものに相当し、第一のものが第二のものに相当する。小さな問題が大きな問題とおなじほど緊急を要する。もはや一刻も失うべきではないし、一刻もかせぐべきではない。すべてがまぬがれるし、すべてがまきこまれる。真剣なのか、そういうことが？

極端におしすすめると、そうした感情はアンティステネス(15)のシニスムにみちびかれることになるのか？　しかしそのようなシニスムの人たちは極めてすくないし、彼らがかならずしも知識人というわけではない。しかも、真剣、威厳、責任、所有といったものについての感情は、上に述べた不合理な軽蔑にたいして、びくともしない堅固な障壁をきずいている。

私がいま述べたことは、すべて部分的にしか正確ではない。人々からかくれた生活のなかには、ある偉大なものが認められる。デカルトやパスカル（その晩年における）のことを語る必要があるだろうか？　イエス＝キリストのかくれた生活は、公に知られた生活に先立っている、ということは、もたらすべき啓示を、完成すべき神聖な仕事を、彼がもっているということである。単なる偉人たちにあっては逆のことが生じる。公に知られた生活は、かくれた生活のなかに身を没したいという望みしかそそらない（ポール＝ロワイヤル(16)への隠棲が社交界のあとに、オランダが軍隊生活のあとに、というふうに）。やがて彼らがあのくらい森（ダンテ(17)があのように見事に語っている）のなかにはいりこみ、その森が彼らをのんで、ふたたび入口をとざし、彼らの足跡をさえかくしてしまうのが見られる。

すすんで噴火口にのみこまれ、そのふちにサンダルしかのこさなかったというエンペドクレスの伝説は美しい象徴である。ヒンズー教徒たちは、年をとると森にひきこもり、瞑想のうちにそこで生涯を終らなくてはならない。

月は決しておなじ面しかわれわれに見せることはないようだ。ある種の人間の生涯も、信じられるよりははるかに多くそのようなものだ。われわれは彼らの影の領域を推理によってしか知らない、しかもその領域だけが重要な意義をもっている。

社会は、はたらくことを強制される個人――すなわちすべての人間――にたいして、非常に苛酷な要求をもっているので、彼らの唯一の希望は（革命のそれはもちろんべつとして）病気になることだ。われわれにおそいかかるおびただしい数の病気や事故は、おどろくばかりだ。それというのも、人類は日々の労務に疲れて、病気というあのみじめな避難所しか見出さないからである。病気になることによって、自分にのこっている魂の部分を救うのである。貧しい人間にとっての病気は、旅行と等しい価値をもち、病院の生活は城館の生活にあたる。富んだ人間がそのことを知っているとしたら、貧しい人たちを病気にさせはしないだろう。

しかし、そんなみじめさそのもののなかで、耐えることができないと思われるそんな試練のあいだに、すべてをそしてまず自己をうたがう瞬間に、まさにそのような瞬間に、人はある現実につきあたるのであり、その現実がわれわれをふるい立たせるのである。われわれは一人で生きて行くように、一人で死ぬように、宣告されているという考えは、われわれの勇気をくじいてしまう。不条理な骨折りを遂行しなくてはならない義務は、われわれを反抗にかりたてる。ロシア人が笞打ちの刑やシベリア流刑からえたような安易な結果を求めることなしに、秘密や貧困のなかにわれわれが避難所を見出すとき、「へりくだることによって霊感に身をささげ[18]」なくてはならないことをわれわれは理解するのである。

ある旅行者[19]から借用したケルゲレン諸島の描写で私はこの文章を終ろう。それは、私がすべりこんでいる傾斜を、かなりよく言いあらわしているように思われる。

ケルゲレンはどんな航路からもはずれたところに位置して……

……船舶がこの群島に近づくのは極端に慎重な注意をもってする。島は約三百の小島から成り、その海岸はしばしば霧にけむり、危険な暗礁にふちどられている……

島の内部はまったくの無人地帯で、そこには生活が完全に欠けている。

至福の島々（1）

なぜ旅をするのか、とあなたがたは人からたずねられる。旅は、つねにみなぎる十分な力の欠乏を感じる人々にとって、日常生活で眠ってしまった感情を呼びさますに必要な刺戟になることがあるだろう。そんなとき、一か月のうちに、一年のうちに、一ダースあまりのめずらしい感覚を体得するために、人は旅をする。私がここでいうめずらしい感覚とは、あなたがたのなかに、あの内的な歌——その歌がなければ感じられるもののすべてがつまらない——をかきたてることができるようなものをさすのである。

人はバルセロナで、教会や、庭園や、展覧会をおとずれて何日かをすごす。そしてそんなすべてからのこるものといえば、ランブラ・サン・ホセ大通り(2)のゆたかな花の香だけである。してみれば、わざわざ出かけて行くだけのことがたしかにあったのか？ あったのはたしかである。

モーリス・バレスのもの(3)を読んだとき、人はトレドの町を悲劇的な姿のもとに想像する。そして、その大聖堂やエル・グレコの絵画をながめながら感動しようとつとめる。しかし、それよりもむしろ、あてもなく町をさまようか、噴水のふちに腰をかけて、女たちや子供たちが通りすぎるのを見たほうがいい。トレドやシエナのような町で私は長いあいだながめた、——鉄格子のはいった窓を、噴水が流れている中庭を、城壁のように高くてあつい塀を。夜は、そうしたくらい塀にそって、よく散歩したものだ、まるでそんな塀が、私に何事かをおしえてくれるはずだとでもいうように。この障害物の背後には何があるのか？いや、まったく、このつねに目前に存在する障害物、このつねにいぶかしさを感じさせる神秘、そうしたすべてにたいして、愛という名よりほかに、ある種の愛という名よりほかにどんな名をあたえたらいいのか？（愛といっても、もちろんジョルジュ・サンドの恋愛小説の主人公たちのそれではない。）

したがって、人は自己からのがれるために——そんなことは不可能だ——ではなく、自己を見出すために旅をするのだといえよう。旅は、そのとき一つの手段となる、あたかも、イエズス会士たちが肉体的な鍛練法を、仏教徒が阿片を、画家たちがアルコールをもちいるように。ひとたびそのような手段を使ったあと、目的にふれると、人は自分がのぼってくるのに役立った梯子を足でたおしてしまう。海の旅の船酔いに吐き気をもよおした日々や、汽車の旅の車中の不眠をわすれる。そのとき、人は自己を知るにいたったのである（自分自身を越えて、おそらく他者を知ったのである）。そして、そのような「再認識」は、かならずしも人がくわだてる旅のはてにくるものとはかぎらない。真実をいえば、そんな認識がおこなわれたとき、旅は終るのだ。

したがって、たしかに真実だと思われることは、人間が生まれるときから死ぬまでに遍歴しなくてはならないあの広大無辺の孤独のなかには、いくつかの特権的な場所、いくつかの特権的な瞬間が存在するということだ。それは、ある土地のながめが、われわれの上に何かの作用をおよぼすような、そんな場所、そんな瞬間をいうのであって、たとえば、それは大音楽家がありきたりの楽器に何かの作用をおよぼすようなもので、そのとき大音楽家は、正しくいえばその楽器を彼自身に啓示するのだ。勝手がちがって認識をまちがえるのは、すべての認識のなかでもっとも真実の認識である、なぜなら、そのとき人は自己を再認識するからだ、そして、見知らぬ町を前にして、わすれていた友人を前にしたようにおどろくとき、その人がながめるのは自己のもっとも真実に近い映像である。

トスカナやプロヴァンスの光りかがやく雄大な風景、――いくつもの野のひろがりは見られるが、目で距離をはかることはできない、それなのにあらゆる細部がたんねんに描きこまれているクロード・ロラン風のそんな風景が、とりわけ、私のいう啓示にはふさわしい。ある友人が私につぎのように書いてきたことがある、——一か月の快い旅のあと、シエナにやってきて、午後二時に、あてがわれた部屋にはいり、よろい戸をあけて、樹木も、空も、ぶどう畑も、教会堂も、無数のうずまきと化している広大な空間のひろがり、シエナの町が高いところから見おろしている平野、自分が鍵穴から（彼の部屋は黒い一点にすぎなくて）のぞいているように思われたあのすばらしい平野を目にしたとき、彼はすすり泣きをはじめた、と。感嘆のあまりにすすり泣いたのではなくて、無力感のために。そのとき、彼にわかったことは（それは、心をゆすぶられた以上に精神をゆすぶられたからだと私は信じてうたがわないが）、何一つ自分にはできそうもないということ、自分がいかにもくだらない人生をがまんして生きて行くように強いられているということであった。彼の願望、彼の思考、彼の心情、そうしたものの虚無が、一瞬のうちに眼前で実体となったのを彼は見たのだ。すべてがさしだされているのに、何もとらえることができないのであった。彼はそのような限界に立って、いままで仮想のものでしかないと想像していた一つの境界線の決定的性格を、はじめて、そして最後に、はっきりと意識したのだ。そしてそれを意識し、しかもなお生きることを意志すべくただ一人におかれた存在であったのだ、*

——そのように彼は私に語ったのである。

ある風景、たとえばナポリ湾とか、カプリ島やシディ＝ブー＝サイード(4)海岸の花のテラスとかには、たえず人を死にさそいこむ作用があることは真実である。満ちたりた気分は、心のなかに無限の空白をつくる。もっとも美しい景色、もっとも美しい岸辺に、よく墓が立っているが、それは偶然ではない。そこには、まだうら若いのに、一どきに心のなかに射しこんだおびただしい光りを前にして、突然はげしい恐怖にとらえられた人たちの名前が見られる。セヴィリアでは、王宮や教会やグワダルキヴィル河やその他を考えにいれずにすごしても、多くの理由から生活はたのしい。だが、この土地の深い魔力を真に人が感じるのは、ヒラルダ(5)の塔のいただきにのぼろうとして、番人があなたをとめるときでしかない、——「二人でなくてはいけません」と、番人はあなたにいうのだ、——「それはまたどうして？」——「自殺者が多すぎるんですよ。」

大景観の美は、人間のつよさにつりあわない。ギリシアの神殿が比較的小さいのは、それが人間たちの避難所として建造されたからだ。希望のない光り、度はずれな光景は人間たちを途方に暮れさせたであろう。太陽が照りつける風景をなぜ人は陽気だというのか？そこでは、太陽は空白をつくり、存在はじかに、——なんの支えもなく、自己と顔をつきあわせる。ほかのところでは、どこでも、空は雲や霧や風や雨を仲介におく、したがって、その仲介者に時間をとられ気をとられ、人間は自己の死の腐爛に直面しない。私はサン＝ピエール島における幸福について書いたルソーの文章(6)を賞讃する。
「もっとも甘美な享楽と、もっとも強烈な快楽との時期は、あとで思い出して私の心をもっともひきつけ私の胸をもっとも打つ時期ではない。そんな興奮と激情のみじかい瞬間は、どんなに強烈であっても、かえってそのはげしさのために、生の線上にばらばらに散らばっている点にすぎない。それらの瞬間は、極めてまれであり極めてすみやかにすぎ去るので、一つの状態を構成することができない。私の心がなつかしむ幸福は、すみやかに消え去る瞬間からなりたっているのではなく、単純で不変な一つの状態であって、それ自体に強烈なものは何もないが、その持続が魅力を増加させ、ついにそこに至上の幸福感を見出すにいたるのである。」

　しかし、ルソーがビエーヌ湖で見出したと思った至上の幸福感、「単純で不変な一つの状態」としてあのようにたくみに彼が描いた幸福感は、むしろ一種の無気力な抵抗と考えられないだろうか？　ルソーは、自分のみじめさと自分の死を被いかくそうとつとめてい

＊　あまりにもよわい存在は、聖者の誘惑とは反対の誘惑にかかる。つまり弱者は生きることを拒否しようとする気持にさそわれる。

る。至上の幸福感は、ある種の人たちの魂にとっては（私はそうした人たちの魂を讃美せずにはいられないが）、悲劇的なものと切りはなすことができないように私には思われる。至上の幸福感は、悲劇的なものの頂点なのだ。激情のざわめきが最高潮に達するとき、まさにその瞬間に、魂のなかに大きな沈黙がつくられる。近い例をとるならば、牢獄におけるジュリアン・ソレルの沈黙。おなじくまたエマオの巡礼者たち[7]の沈黙。聖霊降臨の大祝日の早朝の沈黙である。その沈黙を完全に表現することができたのは、レンブラントよりほかには見あたらない。そのような瞬間のあと、ただちに、人生はふたたびもとにもどるだろう、——だが、さしあたってひととき人生は停止して、人生を無限に越える何物かにまたがるのだ。何か？　私は知らない。この沈黙には多くのものが宿っている、そこには、物音も、感動も、欠けてはいない。

　ナポリで暮らしていたころ、毎朝私は湾の上にそそり立つフロリディアナ公園[8]に行って、正午が鳴るまで、タバコをふかしながらさまよった。そうしたひまな時間は、パリのおちつかない時間よりもはるかに多く私の心を満たした。このように胸を打つ舞台のなかにはいっても、誰もが、ほとんど誰もが、この現代にあっては、いそがしく仕事をしなくてはならない人間であるとはいかにも残念なことだ。パリで仕事をする、ロンドンで仕事をする、それはまだいい。だが、太陽と海が不断に支配しているところではどこでも、たのしむこと、くるしむこと、表現することだけで満足すべきである。物象の中心に身をおきながら、この地球の泥をかきまわしていったい何になるというのか？　正午を告げる鐘がゆっくりと鳴り、サン・テルモ要塞(9)の大砲がひびくとき、ある充実感が——それは幸福の感情ではなくて、真にして全き実在の感情、あたかも存在のわれ目がことごとくふさがれるかのような感情であった——私をとらえ、私のまわりにあったすべてのものをとらえた。四方八方に、光りとよろこびの噴水がわきあふれ、それが水盤から水盤へと落下して、ついに無辺際な海のなかでかたまった。そのとき（その唯一のときに）、私の足と大地との、私の目と光りとの、唯一の接合によって、私は自分を受け入れたのであった。そして、そのおなじ瞬間に地中海のあらゆる岸辺で、パレルモの、ラヴェッロの、ラグーサとアマルフィの、アルジェとアレクサンドリアの、パトラスとイスタンブールの、スミルナとバルセロナの、すべてのテラスの上から、無数の人たちが、私のように息を殺して、然《ウィ》り、といっているのだった。そして私は思った、——感じられる世界というものが、外見は手ざわりのかるい織物、いろんな色に変わる幻想のヴェール、夜になるとわれわれはそれをひきちぎり、くるしいときはそれをむなしくはらいのけようとするそんな布であるにすぎないとしても、最初にその世界にくるしみ、そのヴェールをつくり直し、その外見を再構成し、普遍的な生をふたたび勢よくほとばしらせる、そういう人たちがいるのであって、その人たちによってもたらされる日々の躍動がなかったならば、普遍的な生は、野に泉の水がつきるように、どこかで涸れてしまうだろう、と。

人からもいわれ、私自身にも言いきかせることがある、――こういう道をたどらなくては、こういう作品を創造しなくては……、と。つまり一つの目的、ある目的をもとうとするのである。だが、そういった瞬間にかぎって、それは私のなかにある深いものにまで達してはくれない。それでも私は、ふとしたある瞬間に、そうした深いもの――目的――に達したことがある。だから、また新しくそれに達することができるような気持をもつ(しかし、ほとんどいつもあてはずれの希望に終る)。私の目的は、時というものに依存しないのだ。

ただ、私が目的に達することができた場合は、もっともみすぼらしい条件に置かれていたときでしかなく、また恩寵の全的な結果と考えられるときでしかなかった。そんなわけで、ある日、一人の友人と、歩いてラヴェッロ[10]まで道をのぼって行ったが、ノルマン風、ビザンチン風の二つのパラッツォから地中海を見おろすその山の町に立って、そこにはなんの予備知識もなかったのに、私はある充実感をおぼえた。私はチンブローネ展望台[11]のタイルの上に腹ばいになり、大理石のそのタイルの上に光りがまるで駒を動かす賭けごとのようにたわむれるのに身ぐるみひき入れられていた。私の精神は、この透きとおる光りと、この光りに抵抗する石との賭けごとのたわむれのなかに、自分を失っていた。それから私の精神は、完全に自分を見出した。私はすべての知性がその前でとまどうあの光景に——ある誕生の場に——接するような気がした。ある誕生、つまりそれは私の誕生である。それはべつの存在ではないか？ いや、どうしてべつの存在であろうか？ 私にはそのとき、やっと私というものが、存在しはじめたように思われたのだ。

私は勝った、とその日（それは一九二四年のキリスト降誕祭だった）私は自分にくりかえした。私は勝ったのだ。誰もが負ける、そして負けてから、とりもどそうと試みる、だがそれはむなしい。私はといえば、私が知っているあの時間に、私が名を告げることのできるあの場所で、勝ちとることができるすべてのものに、一挙に私は勝った。うまく理解してもらえるかどうかを私は知らない、だが、たしかに、私はすべてに勝ったのだ、ただ一回で、どんな実績もなしに。実績をつんでいれば、どんな種類の事柄にも勝ちを決することができる、だが、ほんとうに可能なのであろうか？ ただの一瞬間だけで……。

ここに私が書いていることは、根本的に不道徳であることを私は感じている。人は一致して賭けごとを非難する。人は偶然をにくみ、将来のプランを組む。

私が述べたあのような瞬間のあとで、人はどのように生きるのか？ 予測されないつぎの新しい瞬間に期待をかけながら、ともかくも人は生きのこる、それだけのことだ。しかし、それでいいではないか？　なぜなら、私の場合では、勝つという事件がおこったのだから。あなたがたには、この言葉のつよさが感じられるだろうか？　ゼロから、あなたがたは無限に移るのだ。私は勝った。将来について、あなたがたは何を語りうるのか？　なぜなら、そういうもののあとでは、人はふたたび虚無におちるから、とあなたがたはいうだろう。——おそらくはそうだ。だが、あの光りのほそい糸はのこって、睡眠のなかにまであなたがたについてきて、あなたがたに警告する、——かつては……、と。それにまた、私自身よりももっと私にとって内的なあの存在の奥深くに、ふたたび私が千分の一秒の瞬間、急激にひきこまれないことがどうしてあろうか？

全然思ってもいないときにふと目にする、海にただよう花々よ、きみたち、海藻、水死体、眠っているかもめ、船首でおしのけられるきみたち、ああ、それら私の至福の島々よ！　朝の偶然のおどろき、夕べの思いがけない希望、——きみたちに、まだときどき私は会うことができるだろうか？　きみたちだけが、私を私から解放してくれる、そしてきみたちだけのなかに、私は自己を知ることができる。錫をつけない鏡よ、光りを出さない空よ、あてのない愛よ……。

イースター島(1)

肉屋は腹立たしそうにいうのだった、

「見られるものならこの目で見たいですよ、このろくでなしの豚野郎どもが、朝の二時三時ごろに、寝わらの上でねがえりを打つありさまを。私は見たいのですよ。やつらが臓物をこなしにかかるありさまを。ああ！　この私の肝臓！　ああ！　この私の脾臓！　ああ！　この私の胃！　ああ！　この私の腸！　やつらときたら、そういう時刻になると、からっきし意気地がなくなるのですからね、あなた。昼はそれでも、が、っ、ち、り、とかまえているように見えますがね……。ところが、夜、足がふらついているていたらくは！　まるで、ほら、ダイナマイトをしかけられた魚《さかな》ですよ、水面にぞくぞく浮きあがってくる。どんなたくましいやつでも目をまわしてやがる。ああ！　やつらのそんなありさまを、見られるものならこの目で見たいですよ！」

私は答えなかった、肉屋が衰弱した臓器の強迫観念にとりつかれていることを知っていたので。

だが、彼は語をついだ、

「だって、そう思いませんか、あなた、この私が行っちまいそうだって。ほんとにそう思いませんか、いや、そうお考えになりませんか、私の病気がひどくなってるって?」

私たちは夜ふけに、ある川にそって散歩していた。星がしずかに光っていた。私は肉屋をまともに見つめようとはしなかった。即座にこんな考えが私を打ったのだ、——私はこの男をまともに見つめたりはすまい、すでに死と狂気とにふれているこの男を、いったい私は彼の死と狂気とに責任があるというのか。彼のほうは、しかし、一向にこだわりはしなかった。

何年か経ったいま、私はまだ彼の口調を耳にする。肝臓病で黄色くなった彼の顔を思いうかべる。鉛筆がなくなっていたり、ズボンのボタンが一つとれていたりすること、健康な人間にはひどく気にかかるそんなことに無関心になった彼の目を思いうかべる。夜、さっきの彼の言葉に出てきたのとおなじ時刻に目をさますと、私は、劇のある人物が、全作品を要約するように、「涙、涙」(2)と厭《あ》かずにくりかえすのをきく思いがする。

あのころ、私は自分に反抗していた。私は否定していた。私は受けいれようとはしなかった。いまでもやはり、やすやすと受けいれはしないが、ただ、できるだけ共犯でありたくない、つまり、やがて死のうとしている人たちをまともに見つめることができるようでありたいと思う、なぜなら、私もまた、そうした人たちの一人なのだから。しかし、われわれはみんな同時に死にはしないだろう、だからいつでも、あやかる人たちがいるのだ。「屠殺場では」と彼はいうのだった、「羊を一度に大量にしめ殺します、――ところがやつらは、私をたった一人で死なせやがる。」

「私はよく知っています」と彼はまたいうのだった、「どこから私の病気がやってきたかを。私は夕方仲間といっしょにカフェで長くねばるのがすきでしたが、どうも度がすぎました。それで肝臓をやられた、とみんながいうのです。いつもほかの連中といっしょに行くだけなら大したことはなかったでしょう、なぜなら、連中は飲むよりもさかんにしゃべるほうなのだから。ところが、じつは、朝のうちに私一人で出かけるのがたのしみになってしまってね。人が誰もやってこない時間にはいって行って、カウンターでアペリチフをいっぱいやる。それが私にどんなにたのしみだったかは、とてもあなたに口ではいえない。そうですね、私が自由だという感じ、ほかの連中のように機械じゃないのだという感じでしたよ。私にはね、気どった文句はいらないのですよ。あなたときたら、映画館に行くといっても私のように北極の記録映画を見るかたではないのですからね。」

「ほかのことが私の苦痛になりだしました。つらいことといえばそいつがおそらくいちばんつらいことでしょう。つまり、他人が私をどう考えているかが、急にひどく気になりだしたのです。」

「そうです、この私は、若いときには相手が誰であろうと、てんで問題にしなかったものです、その私が、すっかり小心になってしまったのです。見たところはまだまだえらそうにかまえていました、しかし人が私のことをとがめているように見えるとき、内心でびくびくするようになりました。以前だったら人が私に抵抗してくると、かえってうれしかったものです、なんでも粉砕することができたし、そのほうがいい結果を生んだ。ところが人が私とうまをあわせるようなふりをする、そのくせかげでは……。なぜ私は変わったか？　一向にわけがわかりません。もしかすると、私は以前からずっとそんなふうだったのかもしれない。あなたは私をお笑いになるでしょう、気の向くままに暮らすと称してアナーキストぶっているあなた、いわゆる一人暮らしというやつを好んでいるあなたからすれば。だが、あなたはお若い。それでいてそんな主張を通しているとすれば、それはまさに自分のよわい点を感じているからだ、ということにお気づきになりませんか？　私のように年をとったものには、見えや体裁はぬきにしてください。あなたには植民地暮らしなんかとても十年とはできますまい。一人暮らしにしても、とうてい三月とはがまんができないでしょう。あなたは社交生活にあこがれている。あなたはりっぱな交際を求めている。あなたは飲んでさわぎたいでしょう。ただ、あなたは感じやすいから、ほかの人たちの感情をそこなうことをおそれてすっかりちぢかんでしまっている。私はそういうあなたのようになってしまったのです。私が死ぬのはそうなってしまったからですよ。私は自分のために生きるつもりでした、それが他人のために生きるようになってしまったのです。」

「私が恥辱を感じている、と本気にお考えですか？」

「なんとも奇妙な考え方ですね。」と私は彼に答えた。

しかし、もうどうしようもなくなっていた。正直にいって、彼は恥辱を感じていた。というのは、十年前に彼はある入札事件に多少まきこまれたことがあった。この事件は、当初は彼の感情を動かさなかった。彼は競争者の攻撃のまえで、肩をすくめただけだった。ところがそれから十年経って、いまはみんなが忘れてしまったはずのその事件のためにくるしんでいるのだった。既決の一事件を百度もむしかえす彼の口ぶりをきいて私はいらいらした。老いのくりごとだ、と私は考えた。私は若すぎてよく理解できなかったのだ、──肉体が極度によわったとき、われわれはひどく傷つきやすいので、単なる不幸な思い出だけでもわれわれを自殺に追いやるということを。だが、若い私にどうしてそんな察しがついただろう？

私が彼の戸口の呼鈴を鳴らしていると——私はしばしば彼に会いに行ったが、それは同情であったか？　そうだ、と私は思う、だがまた、所在なさでもあり、不幸への好みでもあった——もう彼の細君が私にあけてくれていた。細君はしっかりものだった。彼女は、夫がはじめてつとめた肉屋の一使用人の妹だった、ただそれだけである。この二人は、おたがいに運命で結びつけられていたのではおそらくなかった。いや、そもそも誰が運命で結びつけられたりするのか？　肉屋の細君は、自分の夫のことを、友だちのような親しさをこめて話した。夫にたいする妻のそんな感情は、そのころの私には奇異に思われた。彼らには息子が一人あったが、そのことは口にしなかった。ただ一度だけ、肉屋はそれをほのめかした。結婚しようとするある甥のことをちらと口にしたのである。「細君をもらい、子供もできるでしょう」と彼は私にいった。そしてつけ加えた、「三十年も経てば、細君や子供がいないのとおなじことになってしまいますよ。」彼は細君には非常にやさしかった。

霧のけむったある夕方、私は庭の奥に肉屋がいるのを目にとめた。彼は私のやってきたのがきこえなかったようだった。肉屋は羊飼いの着るあの長い外套にくるまり、柳の肱かけ椅子にねそべった形だった。夜がだんだん降りてきていた。疲れた顔を支えるその首は、私には見えないある一点に結びつけられて固定しているようだった。一階の窓からあかりがもれていて、ぼんやりとあたりを照らしていた。私はしばらくそのままで、だまって立ちどまっていたが、私のいる気配を見せないでやがてひきさがった。

私たちはよく散歩した。肉屋は、それまでの生活でおそらくどんな風景にも気をとられたことはなかったのに、いまは、なんでもないものの前で、長々と立ちどまった。人間たちから拒まれたある支えを物に求めていたのだ。ときには、この朴訥な男のまなざしのもとで大地が鼓動しているのを私はきいた。朝は、大地がまだ露でしめり、夕方はうす靄が大地に揺りかごをつくった。私はこの年とった友人と散歩しながら、風情をそえる何物もない裸の大地を見たことは一度もなかった。しかし、そのために彼の内心にいつかこの大地を去るというなごり惜しさが一層切実でなかったかどうかは、私にはわからない。

肉屋は、一か月たつと、床につかなくてはならなくなった。私は見舞いに行った。その顔は黄色くむくみ、目は光っていたが、首と手はたるんでいた。その上彼は物わかりがよくなっていた。私は彼の枕もとにすわった。私たちはお天気のことを話した、――ほかのことが話しだせないときによくやるように。彼の部屋のなんというしずかなおちつき！　昔ふうの家具、そして南向きに窓があった。季節は秋だった。太陽はしみ入るようで、暑かった。かすかな植物の匂い、おち葉と枯れ草の匂いが、私たちのところまでただよってきた。私はまだ人生の現実を好まない年ごろだった。野原に出ると、足音が枯れ葉で消された。いきいきした敏感な空気が、ひたいと手をつつんでくれた。私はとくに空を、ぬれた青い空を、あかずにながめた。それは非常に濃くなった青、透明な花びらによく似た青で、子供の時期を出るころの最初の感覚とおなじように、ういういしい感動をおこさせた。

突然、意味もない言葉の途中で、そして私が自分の夢想にふけっているあいだに、肉屋は彼の手を私の手の上におき、長いあいだそのままにした。私の心臓はあわただしく打ちはじめ、目はゆかの上をじっと見つめたままだった。やっと出て行くというよりも逃げだすことができたとき、私は彼の目が涙でいっぱいなのを見た。おそらく私はそれまでほとんどくるしい思いをしなかったのだ、なぜなら、そのとき以上にくるしい瞬間を生きたことがあったとは思われないから。

彼が子供のような言葉で、「学問をした」私に、来世についての疑問を出した日は、私はもっとくるしくなかったと思う。そのとき彼はすでにもっとも劇的な時点を通りすぎていた、なぜなら彼は死に対決し、彼の来世に専念していたから。絶望のはてに、——おそらくそうだろう。しかし最後には、疑問を出し、取り引きの条件を値切ったのだ。私は卑怯にも、なにがしかの希望の言葉で彼に答えた。だが、私は説得的であってはならなかった。その疑問は、彼にとって、おなじく私にとっても、むだなものに思われた。なるほど、非常になぐさめになると人はいう、来世を信じることは！　だが、私としては、死という盲目的で圧倒的な事実を、馬が革の目かくしをつけたように一方的に執拗にながめ、そこに私の精神をたえずつれもどし、まわり廊下、無限螺旋のなかへのように、自分がまきこまれるのを感じていた。肉屋がそのことをよく理解していたかどうかは知らない。なんのぐるぐるまわっていた。私は肯定もしなかった、否定もしなかった、私は私の牢獄の壁を共通点もない私たち二人の会話を可能にしていたものは、死ぬことへの、日々の、共通の恐怖であった。それ以来、私はその疑問について、私の見解を変えることができた。だが、私の深い、本能的な、わりきれない感情は、依然としてのこったのである。

そのような恐怖をはらいのけるために、そのころ私は研究に没頭していた。それは自分にとって絶対に役立たないとわかっている研究ではあったが、私は手あたり次第になんでも夢中に読んだ。美術館、図書館が私をひきつけた。過去のそこはかとない匂いをかぐとき、私をとりまく盲目的な、おそるべき力からぬけだすような気がした。それは、知識欲であるよりも、むしろ虚無への恐怖であった。そのようにして、私は求道の生活をしながらあべこべの生活をしているのだった。書物のあの高い防壁のなんという魔力！　どんな脅威にも抵抗するなんという城壁！　だが、そこから出てくるとき、私は頭痛にくるしみ、ますます心がひからびるのを感じた。

　新しく肉屋が私に問いかけてくるのをさけるために、私は彼に何か本を一冊もって行って、その文章をあちこち読んでやることにした。彼の好みが私のそれに似ていることはほとんどなかった。それに、悲痛な言葉を使って生や死のことを語る小説家を彼は好まなかった。「ああ、また」と彼がいった、「毎日ビフテキを焼いてもらって食ってるやつがいる。」(3) 私は彼にスエトニウス(4)をもって行った（私はラテン語の試験の準備をしていたのだ）。ティベリウスとカリグラ(5)との生涯は彼をすっかりよろこばせた。そしてそれは、彼がよくなっている徴候だった。スエトニウスがどんな残虐なことを語っているかは彼の知ったことではなかった。肉屋にしてみれば、それはすこしも「頽廃者《デカダン》」の快楽ではなく、異教の神や子供などが虐殺の物語をよろこぶように、健康者の極めて人間的な、極めて自然な快楽であった。ある犠牲者が祭壇で殺されようとしているところを見たカリグラは、木槌をわしづかみにして、その犠牲奉献者をなぐり殺す。ある日カリグラは、ある訴訟の被容疑者たち、証人や弁護人を含むすべてをこう叫んで殺させる、――「彼らはすべて同様に有罪者である。」彼の気に入ろうとして人が彼のために遺言録をつくると、カリグラはこういってその人を毒殺させた、――こうしなかったら、遺言録は冷やかしの種になっただろう、と。そのような歴史物語――そのなかには、たしかにもっと美しいものもあるが――私にはそれらの物語の粉飾だけしか好ましくなかった。私はそれらの深い意味を見通してはいなかった。

「がっちりとしたやつがいるものですね」と肉屋はいった。「ああ！　人生はじつに美しい！　あなたの朗読は大いに私のためになりました。」

それは一時的な小康にすぎなかった。

われわれがそれほどまで生に執着するのは、おそらくわれわれの肉体にたくわえられている思いがけない好転のためであろう。恢復することに絶望していた、ところがやがて元気になる。確信をもっていた、ところがそれが突然くずれる。ついでまた希望があらわれ、そのようにしてくりかえす。終着点はつねにおなじだが、それにいたる起伏は、ジェット・コースターの昇降のようにさまざまである。肉屋はいまは何かをやりたくてたまらないという気持をうったえていた。皮膚は、いつも水を浴びているのに、ほてっていた。彼の気力はふたたび非常に低下した。私は心にもなくそれに加担して、一か月前の霧にけむった夕方、庭の奥で、柳の肱かけ椅子に腰をかけている彼の姿を目にとめたこと、そして心境をみだしてはいけないと思ってひきさがったことを、彼に語った。「しかし、出たことはないのですがね、庭のなかへは」と、おどろきのあまり、思わず急《せ》きこんで声高に彼はいった、「ここ数か月は、一度も出たことはないのです。そんなはずはありません、私を見かけたなんて、――いや、もしかすると」と彼はつけ加えた、「あなたが私を見かけたとすれば、いま思いあわせると、それは私にあらわれた死の相なんですよ。私の国のブルターニュでは、そいつを前ぶれと呼んでいます。」そういって、そのとき彼は無気味なそうした前ぶれのあらゆる例をあげはじめた。もっとも、いまその内容は私には思い出せない。

私はある店の棚にさらされていた古本の旅行記を一冊ひっぱり出してきて、彼の気をまぎらせようと思った。それは、太平洋の数多くの島々の発見や探険が語られているクックの『航海記』[6]のなかの、端本《はほん》の一巻だった*。

そこは、イースター島のことが述べられている個所だった。その島は、頭蓋骨と骨が散在する一つの広漠とした墓場にすぎなかった。しかし、その島を幻想的にしているのは、消え去ったどんな民族がそれらを製作したか、またその理由もわからない、五百の巨大な

* いろんな島のことを考えるときに人が感じるあの息づまるような印象は、いったいどこからくるのか? それでいて、島のなかより以上に、大洋の空気、あらゆる水平線に自由にひらけた海を、人はどこにもつのか? それ以上にどこで人は肉体の高揚に生きることができるのか? だが、人は島 ile のなかで、「孤立 isolé する」(それが島の語源 isola ではないか?)。一つの島は、いわば一人の孤立した人間。島々は、いわば孤立した人々である。

群像である。そんな度はずれに大きい偶像のことが語られたのを、私はそれまでにまだきいたことがなかった。それらは、目まいのするような高さをもった島の海岸の上に打ちたてられていて、旅行者をひどくおそれさせたのであった。肉屋は急にうわごとをいいはじめた。「そいつらが見える、そいつらが見える」と寝床の上におきあがりながら、彼は叫ぶのであった。その顔は恐怖をあらわしていた。彼はなめらかな内壁をもった井戸にそってすべりおちて行くかのように、そしてその井戸の上には、あの荒々しい偶像だけが水面からつき出ているかのように。「そいつらが見える」と彼はつづけざまに出てくるしゃっくりのなかでくりかえした。

肉屋についての私の話は、彼がまだ正気に似たものをもっていたあいだのことである。彼はやがてそれを失ったが、それからあとのことは誰にもかかわりはない。

想像のインド

大切なのは、ヨーロッパ人またはインド人の意見にしたがって、インドを、それがあるままに見ることではない、――第一、そんなことはばかげた野心である。コルネーユやモーリス・バレスがスペインを見たのとおなじ偏見をもってインドを見るべきだ。とにかく、インドを一つの想像の国と考えることによって、はじめてその現実にもっともよく近づくのである。われわれもそれ以外のやりかたでインドを考察しようとは思わない。

もちろん、知識をひろくすることは必要であり、少くともギリシアやローマでとはちがった人間社会の型が存在することを知るのは必要である。あまりにも長いあいだ繙かれてきた古代史は、エピナルの安刷り絵解き(1)以上のものであるとは思われない。何か新しい(そしてそのためにもっと古い)糧が必要である。サンスクリットやパーリ語がおしえられなくてはならず、それらの翻訳を、注釈を、やらなくてはならない。そうしたすべてが必要である。しかし、そこから、プレコロンビアやネグロの芸術がわれわれの芸術にあたえつつある更新に似たような、完全な更新が出てくるのでなければ、やるだけのことはないであろう。インドの思想もまた、まったく新しい何物かをあたえるに十分なほど古いのである。

土地でも時代でもない(2)

ミシュレ、ルナン、テーヌが、フランスの歴史、イエス＝キリストの生涯、イギリス文学史を、季節の変化、降雨量、遺伝的欠陥等々によって解釈して以来、またゴビノー(3)が民族について独断的な説を出し、バレスがそれを利用して以来、歴史や地理を援用することなしには、何ごとも解釈することができにくくなった。おなじ方法をインドに応用することもできよう。しかし、インドの諸国民やインドの諸地方とのあいだに、共通するものは何もない。したがって、その方法の誤謬はさらに一層ひどくなるだろう。その点について、ガンジーは非常に良識的に語っている（革命的良識）。

　ニーチェは一八七四年に、ある有名な試論(4)を書いたが、当時は歴史があらゆる知識を包括しはじめていたのであって（人はまだ進化について語っていなかった、――信仰の進化、動物の進化等々、つまり、不連続を連続に転換しながら、あらゆる問題を解消する便利な方法であった。連続のほうは説明の必要がないと思われていた）、それは「人間の生活にとって歴史的研究は有用か不用か」という点に関する有名な試論であった。こんにちでは、「思想にとって地理的研究は有用か不用か」についての試論を書くほうがむしろ適切ではないかと考えられる。

ガンジーをたずねにやってきたその同国人ダーン・ゴーパル・ムケルジーは、そのときガンジーがこう語っているように理解するのである、*「われわれの民族は風土によって瞑想にみちびかれてきたのだ。」この言葉で地形学的決定論を肯定しているように思われるガンジーは、しかしすぐさま、そのような早急な結論を否定する、――「そのことはおなじ風土に生きるあらゆる民族について真実であるといったら、それは決定論になってしまうだろう。たとえば、アフリカの民族は、われわれとよく似た気候をもっていると私には思われるが、彼らは瞑想しない。聖なる人たちは、ヒマラヤの雪の洞窟のなかにすわって、神について瞑想する……。したがってきみも、風土が魂をつくるといってはならない。魂が風土を利用するのだ……。」

まったく西欧風の精神形成と実証的精神とをもったシルヴァン・レヴィのような人が、短いが非常に注目すべきある書物**のなかで、インド精神についての全体像をあたえようと

＊ ムケルジー『私の兄弟の顔』　＊＊ シルヴァン・レヴィ『インドと世界』(5)

したときの困惑というか、むしろいらだちともいうべきものは、なるほどと納得が行くのである。「インドは」と彼はいう、「言語の統一も、民族の統一ももたず、ただ信仰の統一(ダルマ、サンサーラ、そしてカルマン)(6)だけをもっている。インドには首都もなく——ベナレスを《宗教の首都》ということができる場合のほかは——また歴史もない。その編年史はまったく気まぐれで、研究者を途方に暮れさせる。われわれにとってはじつに重要なあの偉人崇拝の念がインドにはないのである。」

「インドはシャンカラ(7)をもっている。これはおそらくアッシジのフランチェスコやルターのような偉人である。この人物をインドはどのようにあつかったか？　卑俗な奇蹟劇の英雄、公式的な競争試験の英雄であり、青ざめ、色あせ、ぼやけて、現実性のまったく失われたその姿を、キリストに先立つ数千年も前からキリスト紀元後の千年代にいたるまで、勝手なときにひっぱりまわしている。」

「インドは異例なひとりの天才を生んだ……。アシヴァゴーシャ(8)、——詩人、音楽家、説教師、倫理学者、哲学者、劇作家、物語作者、いたるところで発明し、いたるところで衆に秀でる。その豊饒さと変化に富んでいることとは、ミルトン、ゲーテ、カント、ヴォルテールを思いうかべさせる。だが、そのアシヴァゴーシャは、いまから三十年前には、インド文学史のなかにただの一行もとりあげられてはいなかった。アシヴァゴーシャは、いわば西欧的な博識の征服にほかならないのである。」

重要な発見をしたと自負するこの学者の満足感はしばらくおくとしても、インドという国のそのような無頓着さが文献学者にあたえるショックというものは、非常によくわれわれにわかるのである。一体どうしたのか！　自分が通りすぎた足跡をのこさずに生きるというのは！　勝利をもたらしても、とくにそのためにどんな碑銘も、どんな凱旋門もつくらない！　研究所を設立しても、標識を刻まない！　偉人たちに記念碑を建てない！　そういう点では、われわれ西欧人は、多かれ少なかれ学者ぶっているのだ。われわれにはわからない。なぜなら、自分が死ぬと思うとき、われわれは自分自身のために死ぬと思うのであって、他人のために死ぬとは思わない。われわれが結ばれる点は社会であって、絶対ではないのである。

ヨーロッパ人に答えるとき、インド人はよくあいまいな立場をとる。彼らはその宗教の原則には不動の態度を固守するが、原則の適用になると、それの批判を欠かさない。ラジパット・ラーイ(9)は、しばしば困惑をかくしきれない。たとえば、世襲的社会階層であるカストの制度にしても、彼によると、それは中世の「生きのこり」でしかなく、中世のギルドを類別する役目しかもたなくなり、やがては消滅すべき制度なのである。インド人たちがあくまで強硬にその立場を固守するか、それともそんなものを全部かなぐりすててしまうか、そのどちらかになるのを見るほうがいいというのである。ある種の文明によって形成されたある種の精神は、われわれの現実の問題にはほとんど関心を示さないということがわかった。そういう人間にとって重要なのは、彼が生きている社会が彼の瞑想するのをさまたげないことなのだ。そうでなかったら、いまさらなぜそんな人間を正当化しようとつとめるのか?

インドとギリシア

乾いてかたいギリシア。砂漠をなす一つの島のようにつきだしているギリシア。都市と都市との、家と家との、人と人とのあらそいが、この国では人間の感情を世界中でもっとも明白にし、もっともとらえやすくしている。――一方インドは、湿ってやわらかく、とらえどころがなく、処女林の魅惑を秘めている。われわれはまず、おなじようにひそやかで連続した、一つのメロディーに魅せられる。そのメロディーは、すべての人間を、おなじ愛撫のなかにつつみ、植物から人間への推移の段階を感じられなくし、普遍的な生命が、一刻一刻、各自の存在のなかに、鏡にうつるように反映するといった感じをおこさせる。インドへ行ったあらゆるヨーロッパ人のなかで、ただ一人、ボンゼルス[10]だけが、それをきいて表現に移すことができたあのメロディー。旺溢する植物と動物との音、色、匂いをわれわれに内通させるあの愛情の感染力には、誰もが浸透されずにはいられない。寺院、洞窟の壁画、宮殿は、その荘麗さであなたがたを溶かしこんでしまう。人は豊満と柔和の大海におぼれるのを感じる。しかしやがてわれにかえると、もっと男らしい、もっと毅然とした調子をなつかしく思うにいたる。そのようにさしだされたやわらかい手の代りに、がっしりしたにぎりこぶしを見たくなる。インドはそのような男性の成熟を知らなかった。われわれの目に、インドは永遠の小児の姿をとる。インドの性は女性だが、男性にたとえていえば、この国は、男性の限界にまで達したことがなかったといえよう。

しかし、それがなんであろう？　われわれの国にあっては、サムソンとか、プロメテウスとか、ミケランジェロの奴隷たちとか、ツァラトゥストラとかを十分にもった。反抗や英雄主義は、人間にひらかれた唯一の道ではないのである。

文学は、内的闘争よりも前に獲得されたかと思われる平静なおちつきの印象をあたえ、魂の力には何も負っていないように見える。インドの二つの叙事詩は、日常の親しみやすい場面や、かわいらしい表現に満ちてはいるが、そこに悲壮なものを見出すことは、ヨーロッパの読者には困難である。悲壮なものは、ヨーロッパの読者には、すでに十分に現実的なのだ。ゲーテやシュレーゲルがあのように讃美した『シャクンタラー』[11]についても同様である。『ラーマーヤナ』[12]のもっとも美しい挿話の一つであるシーターの物語は、われわれの胸を打つ。しかし、そうしたすべてがなんとゆるやかに織りなされていることであろう！

アンドロマケーへのヘクトールの告別[13]は、『イーリアス』のなかでわずかに二ページを占めているにすぎないが、そこには、サンスクリット文学においてわれわれに愛の場面の感興をそぐあの気のぬけた感傷性がない。サンスクリット文学は、神話時代のあと、またわれわれにとっておなじく意味のよくとれない『ヴェーダ』時代のあとは、スカンジナヴィアの『エッダ』時代、アレクサンドリア時代、すなわち、『マハーバーラタ』[14]と『ラーマーヤナ』にはじまる時代しか世に知られていなくて、五世紀このかた死にあえぎながら現代まで生きのびているかのようだ。タゴールはこんにちその代表者であり、いわば、ばら香水なのだ。

「われわれの芸術は」とムケルジーはいう、「本質的に象徴的である。われわれの芸術は、それを醜くするためになされた内省的な努力をあらわしている。したがって、あなたがたはインドのどこへ行っても、象徴によってゆがめられた美を見るだろう。なぜなら、美だけでは十分ではないからなのだ。美はあまりにもみすぼらしいごちそうなので、人間はそれだけでは生きて行けないのである。われわれは、美を見出すと、どこでも、その美をこわしてしまう、それに聖なるしるしの焼印を押して……。芸術の極致は、芸術を虚無に帰することである。」

同様に、「われわれの宗教は、ドグマをもたないが儀式をもっている。儀式は、二つの目的を叶えるのに役立つ。すなわち、魂を錬成することと、象徴体系の手法によって魂を霊的体験にみちびくことである。」[15]

なぜシヴァはいくつもの腕をもっているのか？　それは、シヴァが人間をあらわさないで、神さえもあらわさないで（やむなく、多少人間の外観をとって、表現されているけれども）、生成を象徴しているからなのだ。それは、象徴の状態においてでなくては理解されないものなのである。なぜ呼吸の錬成をするのか？　絶対のふところにおのずから消滅するように魂を錬成するためである。しかじかの信仰個条を忠実に守ることが問題なのではない。

ある旅行者が私にいった、「私はこんにちまでかなり多くの国々を見てきたのですが、インドだけはまだよくわからないのです。それはシナよりはまだ近づきやすい国ではないかと考えていましたが全然そうではありません。私はインド以上に異邦の感じをもった国をほかに見たことがないのです。何一つ私には親しめませんでした。ひまがあれば身をきよめ、奇妙な儀式をもっていて、握手を一つのけがれのように考える人たち、そういう人たちといったいどんな接触点をもったらいいのでしょうか？　どんな国民にまじわっても、決してあれ以上に自分を異邦人だと感じたことはありません。」

これはたしかにいままで見逃されている点、すなわち非人間性についての重要な発言である。非人間的な国、インド。この国ではある人間の価値が他の人間の価値と等しくない。ある人たちは打ちひしがれ、動物の状態にもどされている。信仰の方式をまなんだ他の人たちはまるで神のようにあがめられる。専制君主たちが、どんな規制も受けずに支配している。不当徴税はめずらしくない。それがインド人たち相互のあいだのあり方である。彼らが圧制を受けたからといって、彼らの姿を見誤ってはならない。非人間的な国民、人間性のそとにある国民。

社会機構そのもの、カストの区分、複雑な儀式、社会のもとに個人を、宗教のもとに人間を麻痺させ打ちひしぐすべてのもの、われわれのギリシア的キリスト教的文明と相反するすべてのもの、われわれに、そして私に嫌悪の念をおこさせるもの、私がインド人に生まれたかもしれなかったと考えるとき、恐怖をおぼえずにはいられなくするもの、そうしたすべては、しかしつぎのように私が考えるとき、何か心をわきたたせるものがあるように思われる。すなわち、そうしたすべては、精神をそのもっとも親しい係累――（つまり拘束なのだが）――から解放し、理性のそとにとびださせるために必要な機械なのだと。イグナティウス・デ・ロヨラの精神の錬成は、ヨガ行者のそれにくらべてどうであろうか？　シャルトルー会の修道士たちはカストを認めるであろうか？　そのように形式主義の宗教、そのように閉鎖的で、そのように苛酷な社会、これこそインドがヨーロッパ人に見せているその裏面であって、そんな裏面のためにインドはあのように共感を呼ばず、あのように異邦人になっているのだ。しかし、その表面は？　ニーチェはいう、「鎖をつけておどる」と。そのようにつよい強制力が、それに値する解放を呼びおこさないとすれば、いったいその強制力は何を意味するのか？

パスカルは、アブラハムの神、イサクの神、ヤコブの神[16]しか認めようとしないし、またあがめようとしない。哲学者たちの神ではない。この哲学者たちの神をその極限までおしすすめると、あなたがたはインドの神をもつのだ。もっとも非個人的な思考は、インドの神にとってすでに一つの発顕である。[17]その神自身の内部には、もはやこれもなければあれもない。純粋で無限定である。パスカルがさらにつぎのようにいうのは、そういう神のことを考えることによってである、「この無限の空間の沈黙は私を恐怖させる。[18]」人間とそのような存在《エートル》とのあいだは、なるほどたしかに無限の空間である……。

『ゴルギアス』のなかで、ソクラテスはペリクレスの政治を非難する。それはどんな動機からか？　ペリクレスは郡市に港を、艦隊を、城壁を、工廠をあたえた。ソクラテスは反対する、——ペリクレスの政治は市民を向上させたか？　そうではないことをゴルギアスは認める。そこでソクラテスは、ペリクレスがアテネを立派にし、富裕にしたことを十分に認めながらも、この政治家を罪に問うのである。内心の富みにくらべれば、財産や美になんの価値があろう？

インド人はソクラテスをしのぐ。後者は道徳への配慮をもった。前者は西欧人が「夢」と呼ぶでもあろうものにしか関心をもたない。現世の事柄を思いきりよくすてて、前者は野心のことも、改革のことも、耳にするのを欲しない。バラモン、つまりインド人は、好んでこういうだろう、「政治の話は、一時間の辛抱にも値しない」と。インド人にとって、政治は低い職業でさえない、それはわるいひまつぶしである。なぜなら、人間をその唯一の目的からそらせる、——精神陶治という唯一の目的から。「大したことではないではないか？」と彼らの一人がある旅行者にいった、「われわれがわれわれの同胞によって統治されようと、イギリス人によって、または他の国の人によって統治されようと、ただわれわれが統治されていさえすればいいのだ。誰かが一家の責任を負わなくてはならない。だが、誰かがその責任を負う以上、われわれは安心して休もう。」それにまた、インドはこの上もなく異なる種々の民族に、つぎつぎに征服された。そしてそれらのすべての民族は、一定の時期が経つと、バラモン文明に吸収されてしまった。要するにインドは、いかなる愛国主義を公言することもなければ、いかなる征服を念願することもなかったのである。

ユマニスムは古代ギリシアの発明である、とシルヴァン・レヴィは指摘する。古代都市とインドのカストとのあいだには、共通の尺度はない。都市は法律によって支配され、法律は全体の意志、人間の意志を表明する。カストは宗教の法律によって支配され、その法律は高いところからくだされる。そしてその法律はカストの区分にしたがって無限に変化する。ギリシア人は、人間をその極限のなかで神聖化する、そのようにして絶対との接触を失わない。現代のヨーロッパ人は、もっと先へ進んで、人間のもっている万人との共通点のなかで人間を神聖化する。現代ヨーロッパ人は、ユマニスムから人道主義《ユマニタリスム》へと移っている。しかし、この二つとも、カストのなかにとじこもっているインド人には理解できないものなのだ。インド人は、自己の存在の拡張によってではなく、自己の存在の沈潜によってしか他のものに到達したいとはねがわないのである。そこから、インドのきわだった特徴が出てくる。インドは、征服されても、どんな影響からもつねにのがれてきたのであった。インドは一つの野心をもってきた、それもただ一つの野心を。世界から自己をしめだそうという野心である。夢にふけったインドは（西欧人にとっては、無分別であり、みのりのない夢であるが）、じっと動かずにとどまり、人間の生活を軽蔑する。インドにとって人間の生活は、風で吹きはらわれる一群の羽虫にほかならない。

アレクサンドロス大王軍のギリシア人たちがインドゥス[19]に近づいたとき、感じたにちがいないおどろきが想像される。彼らの力量におよぶものはもはや何もない。いや、むしろこういおう——なぜなら、すでに彼らは、忘れることのできないはなれわざでもって、自分たちの力量を人間の力量だとすることができたのであったから——人間の力量におよぶものはもはや何もない、と。あたかも、こんにち、ニューヨークにやってきたヨーロッパ人がそう感じるように。この遠征軍に、ピュロン[20]なる人物が加わっていた。裸行者たちが、彼にとってはまったく常軌を逸したと見える肉体の錬成にいそしんでいるのを見て、彼の理性はつよいショックを受け、ついに彼は理性をうたがうにいたった。彼の禁欲主義もまたそうした動機に由来するのではないか？ ——インドから吹いてきた風は、ディオゲネスからプロチノスにいたるギリシア思想を過度に、ふくらませる。あのギリシアとインドとの両国にまたがる托鉢の行者、ティアナのアポッロニウス(21)の生活は、なんと興味をひくことか！　しかし、ほんとうをいえば、そのように形式的な対立を融和させようとつとめるほど拙劣なことはあるまい。仏教は、バクトリアナ(22)でそれを試みようとした。ギリシアと仏教の両様式にまたがる芸術は魅力的であるし、ギリシア王メナンドロスが、この王を改宗させようとしたある僧に発した問い（『ミリンダ・パンハー』(23)）は、非常に霊性のゆたかな作品である。しかし、そのような結合はあくまで折衷的なものであり、結果としては私生児しかのこさなかった。ギリシア精神は、そのために鋭鋒をにぶらせ、インド精神は、そのために音楽を失う。

天啓の光り

　プロチノスは二つの死を区別する、――自然死と、自然死に先立つことができる哲学死と。哲学死はインド人の目的である。したがって、作品は重要ではない、なぜなら、大切なのはただ一つ、精神の指導であるから。現実にたいしてつながりが断たれると、もう一つの世界にべつのつながりができる。現実のこの世界と名づけられるものにたいする徐々に高まるあの嫌悪感を想像しよう、ついで、生と死というこの永遠の組み合わせにたいするあの絶縁を想像し、最後に天啓の光りを想像しよう。

　精神が突然奇妙にゆがむとき、精神はどんな感動をもってそれをながめることであろう？　この物でもなければ、あの物でもない。精神自体でもなければ、他者でもない。明瞭に判別できる存在ではない。精神が羨望するものでも、軽蔑するものでもない。欲望または憎悪の対象でもなく、ある感じられる対象である。心情に近い何かではない。精神が数えあげることのできる何かではない。それだ。精神が向きをかえる、と同時に、精神はそれを見る。それについて精神は感じる、一挙に、さっとあふれるように感じる、夜も昼もそれがくっついてくるのを、そしてまた生まれてくるもの、死んで行くものの、それらすべてのそばでそれが見張っているのを。だが、それはどんな顔をしているのか？　それは私に何を告げるのか？　何物でも、誰でもない。それなら、きみだって、何物でも、誰でもない。いや、そうではなく、きみはそれだ。非永続性を通して永続し、不在のなかに存在し、空白のなかに満ちている。私は理解しようとすべきでなく、ただ触れさえすればいい。私がそれをとりにがしても、どうして忘れることができよう？　いや、これからは、どうしてそれをとりにがすことができよう？　私にはそれがつかまらないが、それのほうは私をつかまえてはなさない。それの演じている見世物がこの世界なのであり、私は舞台の真実を、俳優の現実を信じている。この世界は私に告げているのだ、私が目ざめているときこそ私が不在の唯一のときだと。人間のかるい動作、たとえば肩の上にこっくり首がうなだれる、するとたちまち、この世界は消えて、それのほうがあらわれる、つまりこの世界を支えているその世界が。それにしても、私はもっと直接にその世界に合一できないものか？　私が私のもっとも深いところにこっくり首をかたむけると、私は存在することをやめ、私はもう私ではない――他者でもない――私はそれなのだ。私のもっともひそかな、思考も欲望も、それらをかきたてるものにくらべると、たわいもない幻影にすぎない。

――私が眠る、すると私はそれに近づく。私が死ぬと、私はそれにとけこんでしまうことになる。それのなかに私はおちるのだ、石が井戸の底におちるように。
あるインド人の言葉、「大切なのは、全世界を一周することではない、全世界の中心を一周することだ……。」――「人は見た夢の物語を書かない、人は夢からさめてしまう。*」

われわれの目に、インドの真髄をなすと思われるものは（それに、われわれにとって、インド Inde という語[24]も、もちろん一つの象徴なのである）、すなわち一体となることへのあこがれと、人間への無関心である。

精神病理学者たちによるインド

早発性痴呆症のおもな徴候は無興味である。「一般の青少年にあって、大きな希望や、個人的、社会的前途にたいするつよい関心が高まっているときに、患者は、しだいに自己

---

* ムケルジー『バラモン僧族と賤民』

の境遇に無関心になってくる。勉強がいやになり、競技もスポーツももはや情熱をそそらない。性質はにぶって暗い。大きな事件もまるで古代史に属することのように、つめたく受けとられる。」

診断の結果、——無気力症。

「患者は、エジプトの彫像か、苦行僧のような姿勢で、何日ものあいだじっと動かずにいる。」

——感情作用の衰弱。

「不幸の知らせも、平静に、もしくは皮肉にさえ、受けとられる。」

——反対感情の両立。

「いかなる思想も無価値である、またしたがって、いかなる思想も無頓着な点において反対の思想に等しくなる。すなわち、＋0＝－0。」

——内部の異物にたいする苦痛感。

例、「私には涅槃にたいするあこがれがある。私たちはいっしょに話しあう、だがそのことが私には非現実だと思われる、私は人間のどんな思想からもはみ出している。私の思想はむなしい。私の思想はいつまでも私にとって異物である、等々。」*

認識の価値

西欧人は（西欧人というとき、私は一種の精神の人を意味し、その人が住んでいる土地によってではなく、その人が考えるという点でそう定義づけるのである）、ますます彼の耳、彼の目、彼の手にしか、そしてそれらの行動範囲とそれらの能力とを倍加するようなあらゆる方法にしか、信頼を置かなくなっている。つまり道具と推論にしかたよらないのである。そういうものは彼をあざむく可能性が多いことを証明してやると、彼は懐疑主義におちいる。そこから彼をひきあげる唯一の方法は、人間の精神活動のなかには種々の範疇[25]があることを彼に示してやることだ。そうした範疇は、科学を相対的なものにしながら、それでもやはり科学を確実なものにする。なぜなら、そうした範疇は人間のさまざまな精神活動のなかに存在するからである。（これはカントがつくりあげたものである。――ただし、カントは、われわれが絶対というものに到達することができるとは思っていない。）インドの哲学者シャンカラもまた同様に種々の範疇を認める。だが、一つの範疇

＊　ディド、ギロー共著『精神病理学』

があるという事実だけで、彼にとっては、感じられる世界の認識を無に帰してしまうに十分なのである。そしてわれわれには、絶対を考えるときにわれわれがどんな範疇もなしにすませていたという事実だけで、この認識を価値あるものにし、ただ一つ確実なものにするに十分なのである。

そのような根本的な対立は私の心をうばう。この世界と神とのどちらかを選ばなくてはならない。人はこの世界を通らなくてはこの世界のどこにも行くことができないし、また神を通らなくては神のもとに行くことができないのだ。

理解にくるしむこと。行動から独立した存在をあたえられているわれわれの人格が、単にわれわれの行動から生みだされたものでしかないということを、どのように理解したらいいのか？ 生まれたときすでにある過去をもっていることを、どのように理解したらいいのか？ 一つ一つの事件が、単にわれわれの存在を支配しているばかりでなく、存在の構成要素となっていることを、なされたこと *fieri* が存在すること *esse* に先立ち、また優位であるということを、どのように理解したらいいのか？

この世界のすべてのものが普遍的に流れ去るなかにあって、死というものになんの重要性もおかないばかりか、生まれてくることをいとも自然であり必然であると見なし、問題はむしろ生まれないようにすることであると考える思想に、どのようにしてなじめばいいのか？　われわれには、死後の生存を信じるための信条が必要であり、彼らには、生の消滅を信じるための信条が必要である。

パスカル、——「頭上に一すくいのシャベルの土、それで永久におさらば……。」(26)

仏教者ナーガセーナ、(27)——「人間はこの地上に生まれ、ここに死ぬ。ここに死んで、人間は彼方に生まれかわる、そしてそこに、死ぬ、云々。」

私の友コルネリウス(28)は、私と彼の二人がベナレスのある通りを散歩していたとき、彼は私がついにインドを見ることができてよかったか、とたずねた。人間に無関心な土地を知ることは私には無関心であることを、彼は理解しないのであった。（いうまでもなく、コ、ル、ネ、リ、ウ、ス、も私も想像の人物である。）

コルネリウス、——人々はここでは禁欲を狂気にまでおしすすめる。他の人々は放蕩のあまり病気になる。(ときには、それが同一の人間のこともある。) 彼らは動物か、狂人のように生きる。

私、——永遠とこの時間とのあいだに共通の尺度がないということを、彼らはよく感じとっているのだ。

コルネリウス、——ところが、ギリシア人やキリスト教者は、人間の位置をよく心得ている。彼らは、多数なる生に陶酔することと、唯一なる思想にひからびることとのあいだに、あらゆる種類の階段の踊り場をたくみに按配した。存在と生成とのあいだに、彼らはある一体化の方式を見出したのだ。

私、——神中心主義よりほかに真理はない(孤独者にとっては)。

コルネリウス、——それはそうだが、糞を食い尿を飲むほどのこの牝牛の崇拝、この山羊の犠牲、この寡婦の火刑、この未成年結婚。

——もういい、と私は彼にいった。ではね、ランボーがシャルルヴィル(29)についてさんざん不平をもらしているのをきみは知らないのか?

人間がすこしも尊敬されないこと。それが必要なのだ、そうではないか？　人間の最上のもち前は、自己からのがれることであってみれば……。荒々しい行為によって、つよい力によって、たくらみによって、不条理な制度、耐えがたい拘束によって、人は自己の聖なるものを自己のなかからわき出させるのだ。

現実化

コルネリウス、――われわれがいま問題にしているあの絶対、きみにとってはインドの誇りであるそれを、ヨーロッパではわれわれは求めなかったときみは思うのだね？　インドはそれにすべてをささげるときみはいう、芸術も、学問も、歴史も、人間も。ところがわれわれは、何一つそれにささげなかった、ただ、それを目的としたことはあったが。

私、――しかし、彼らのほうはその絶対を現実化した。彼らはそれに合体した。絶対は彼らの肉体のなかにはいり、彼らの血となり肉となり、あらゆる瞬間の彼らの生となった。アリストテレスとその神とのあいだのひらきをよく見よ。キリスト教者、ユダヤ教者、回教者と、それぞれの神とのあいだのひらき……。それらの人たちは、どんな絶対をもそれぞれの知性を通して観想する。きみは観想の高い優位についてプロチノスが語った美しい言葉を知っている。われわれはすべて彼とおなじ意見であって、――たまたまそうでない場合は、あの非合法の哲学であるプラグマチスムの、もっともいやしい考えのなかにおちいる。インドが極度に関心をいだくといった場合は、それはわれわれの無関心の彼方にである。われわれにとっては神秘——ときには狂気——である霊的交流、受肉、贖罪、そして彼らにとっては、日常の現実、盲目的な明白性。

ムケルジーは彼のもっとも新しい書物のなかでつぎのように語っている。彼が率直にガンジーに、なぜウィルソン[30]はその十四個条の項目の実現に成功しなかったかをたずねたのにたいして、ガンジーは、ムケルジーにこうたずねかえしたとのことである、「当人は、それに先立って、それらの項目の一つ一つについて、一年のあいだ瞑想したかどうか、その一つ一つに永遠の生命をあたえるに十分な長い時間をかけて、その人が断食し、神に祈ったかどうか」と。

ここで問題になるのは、人間によってなされる思想の、全的で、完全な表現ということである。表現、——西欧では、プラグマチスムがこの表現のにせものをわれわれにつかませる、にせものはナンセンスである（態度が思想を創造する）。ところでこの全的な表現は、古代人たちの理想であった（ソクラテスはその牢獄と死とをのがれることを拒否し、アレクサンドロス大王はその医師がさしだす薬を飲む）、もちろん、そうした古代人たちは、聖徳ではなく叡智の、天啓ではなく瞑想の極限のなかにとじこめられたのであるが。この全的な表現という言葉は、こんにち、われわれにとってひどくなじみがなくなっているので、この言葉のそういう不完全な表現を（だが芸術にとって非常に重要な表現を）軽蔑するほどである。（思想が文学になってしまってはいけないというとき――つまり、思想はどんな現実化もどんな表現も必要としないというとき――そのようにして、出発点を到着点ととりちがえているのである。）

このような見地からすると、プルーストのつぎの簡単な文句が、なんという重い意味をもつことだろう。

「知的で精神的な仕事が、どんな高さにまで達したかを判断することができるのは、おそらく、美学の様式《ジャンル》によってであるよりも、むしろ言語の質《カリテ》によってであろう。(31)」

人間は変わることができないと誰がいうのか？　人間は変わるためにその時間を費してきた。キリスト教の聖者は、古代の賢人にも、近代の公民にも似ていない。ロシア人たちは、新しい人間を創造しようと試みた。

インドによってもたらされた知的革命をどう呼んだらいいのか？　非現実主義。まず第一に、人間性を失わなくてはならない、ついで、この世界からかけはなれなくてはならない。人間の生活からかけはなれているという点では動物の生活がある。不統一なものをもった世界、知性に抵抗するものをもった世界、——つまり現実の枠組からまったくはずされた世界。だからといって、不統一に向かわなくてはならないという意味ではすこしもない。シュルレアリストたち自身さえ、スキャンダルが必要だと考えながらも、スキャンダルを目的だとは考えない。一体化することに矛盾があってはならない。しかし一つの体系のなかで身動きがならなくなることのないように、その一体化を表示することをさけなくてはならない。むしろ、われわれが問題とするその霊的見地を、脱宇宙主義 acosmisme、または非現実主義と呼んだほうがいいだろう。

研究の行きつく先が「存在」であるか、「無」であるかは重要な問題ではない。はじめに、研究はない。なぜなら、対象はつぎつぎに新しく見出されるから。そして、一つの事実が多くの事実をあつめた一つの報告に置きかえられるように、現実は真実に置きかえられるから。無について語るならば、西欧人はおそらくもっと正直になるだろうに。しかしとにかく、幸福感は存在のしるしなのだから、幸福感がわきおこるとき、たしかにそうだ、存在は実在する。千分の一秒のあいだ放心するだけで十分なのだ。鎖は断ち切られる。

一八三〇年代のロマン主義者は、現在のロマン主義者よりも、なんと幸福であったことか！　異郷にあるためには、国を変えさえすれば十分だった。（ただ、ネルヴァルとノヴァーリスだけは例外である。）こんにち、人は理性をなくしたい、生の限界をのり越えたいとねがう。そんな新しいロマン主義にたいして、欠けているのは一つの方向だけだ。われわれの生活からはほど遠い感情をもっている動物たちの生活には、おしえられるところが多い。犬や鳥は、われわれに何をおしえることができるか？　しかし、それに反して、猫や猿は……。彼らはわれわれに大きな跳躍への心構えをあたえてくれる。

消え去った日々

二月六日はすべての人々の記憶に一九三四年の政治的な一挿話[1]を呼びおこす。ところで私は、二月六日について、その年、何を考えていたか？　単にそれが私の誕生日であるということと、その日自分の歳が一つふえたということとである。

歳が一つふえる、つまり生きる年数が一つへることである。だからその誕生日に、私は自分に一日のヴァカンスを――空《あ》いた日を――もうけようと工夫した。つまり、どんな行動も、どんな思考も、どんな交際も、どんな気ばらしさえもやめてしまうことだった（したがって、それは普通にいう「ヴァカンス」――休暇――ではなかった。）私は空白をつくろうとつとめ、時間を中断しようと欲した。それは、以前の何かをまとめるためでもなければ、今後の何かにそなえるためでもなかった。過去は死にはてていたし、未来は形をなしていなかった。たえずのがれ去る現在、いまそこを通っているということにおいてしかつかめない現在は、流れた油がこまかい皺の面に変えてしまうあの海の波のように、例外的に静止することができないのであろうか？「観想する」ことは、私にとって問題ではなかった。観想は、この世間とはべつの場でつづけられるある生活を予想させる、といっても、やはりそれは前進や失墜をもった、いわば一つの方向をもった生活である。そういう生活ではなく、むしろ私は、自分が無になることをねがっていた、という意味は、気負ったいい方をすれば、人々にわすれてもらうことだった。

その趣旨をつらぬくためには、私は睡眠にたよるべきであったろう。夢想はこの上なく大きな魅力をもっていた。睡眠と覚醒とのあいだの、あの薄明の状態、それは、昼と夜との専制的な王位継承からまぬがれている状態、抗しがたい時の分割からぬけ出るという幸福な意識を失わせない状態、それは、昼の光りを消さずに、その光りをかきまぜてうす暗くするのだ、あたかもトランプ占いをする人が、「ペイシェンス《レユシット》(2)」をはじめるまえに、札をばらばらにまぜるように。だが、このしばしの時こそ、うまく行ったréussite!なのだと私は考えるのだった。それに、この瞬間、朝の鳥の翼と夜の鳥の翼とをすれちがわせることができる(3)というのは、人間のよろこび以上のよろこびではないか。他の人たちは、きょうもかがみこんでいる、メモ帖agendaの上に（アジェンダは、語源的には、人によってなされるべきさまざまな事柄の意である）、ところが私は……、何一つ書いていない。ページは白いまま、そして、ページが完全に白いままなのは、きょうだけではない。これまでの私の人生で、多くのページがほとんど白いままである。もっともすばらしい贅沢は、あなたがたに無償であたえられている人生にたいして、それを惜しみなくあたえた人とおなじように、それを惜しみなく浪費すること、無限の価値をもったものをせまい利益の対象に変えたりしないことなのだ。

そのような思考、いま私が再構成できる通りにここに形をととのえるそのような不敬虔な思考は、その当時はもっと触知できないものであった。それは地中海の太陽に溶けこんでいた。アルジェでは、毎年二月六日には、カスバの丘にのぼって海をながめてすごした。深いしずけさ……、そうだ、荒天のときでさえも深いしずけさがあった。風に鳴るこの旗を見よ、とチベットの僧侶たちは入信を志す人にいう、動いているのは旗であるか、風であるか？ 答えはこうあるべきなのだ、旗でもなく、風でもない、精神である、と。ところで、その日、私の精神は、ふだんの私の精神をくるしめていたどんなものによっても動揺をあたえられなかった。紋切り型の仕事に堕していた職業への隷属、他の人々と意思を疎通することの不可能、ここにあつまって闘争するよりもむしろ信頼することのなかに自己の力を認識すべきであった国民たちの相互の不理解、――それらは、他の人たちもある種の高度なよろこびから除外されてはいないことを感じるのでなければ人生がたのしくなかった一人のエゴイストにとって、それだけ耐えられない悲しみだった。

だがその日はなんというしずけさ！　単調な心臓の鼓動にふと気づきながら、私はその鼓動にみちびかれるままになった、——あたかも、自分のとるべき手段をうばわれた飛行機の操縦士が、送られてくる電波に信頼をおくように。私は歩きに歩いた、どこまでも。それはただ、先ほどもふれたように、虚無に向かっての歩みではなかった。なぜなら、私を支える一すじの糸に私はしたがっていたから。なぜなら、カスバの建物のうすい赤と白との市松模様、私をとりまくとざされた家々の青い正面入口、西欧風家屋の立方体、私の目の下に伸びている官立高等中学の平行六面体、海軍司令部の彎曲した腕、時として濃藍色に変わる海の青、——そうしたものが、私をそれらの存在に参加させたから。なぜなら、それらの存在が、私にむなしいものに見えようとしても、どうしてもそうは見えなかったから。それらの存在は、私の存在以上にむなしく見えもしなければ、私の存在以下にむなしく見えもしなかった。したがって、われわれは、おたがいにどんな支えももたないで、しかもおたがいに支えあい、われわれの傷口からたえずわれわれの生命の血を流れさせながら、しかもわれわれの血を交換しあい自己に還元して存在しなくなったものを存在として意識させる一体感《ユニテ》をひそかに経験するのである。

もちろん私はいきなりそのような結合をとげたわけではなかった。それは努力なしには、そして年月とともにしか獲得されないものなのである。最初にここに流れ着いたときは、想像力から生まれた苦悩がすぐにここからはなれ去ることを私に考えさせた。ところが、ためしに、そして独房にとじこめられた囚人がやるように、私は中心から周囲に向かってめぐり歩くことをはじめた。せまい通り、高い家、息づまる空気。私は遠くはなれていた。私はとじこめられていた。何から遠くはなれ、どこにとじこめられていたのか？　もっとのちになって、私のまわりにさまざまな根を深くおろさせてからは、私は自分がかつて欲望の対象としたものを愛するようになり、やがて私が愛しているものから自分を区別しなくなりはじめた。私は地下に作用しているものの観念に溶けあっているのだった。私がついに無上の幸福者として、他のすべての物に近く存在する一個の物となるためにそれは必要な作用であった。私は私の隔絶と郷愁との、つねに現在に立ちかえる回想に溶けあうのだった。ふたたび近くなる……、私が他のものにふたたび近くなることができるのは、樹木の、空の、動物の、ベッドの、テーブルの日々の反復によるほかは、つまり物理的な自然な常数によるほかはないのだ。他者がわれわれに近くなることができるのは、われわれがどこまでもわれわれについてくる誰かを自己のなかにもっていることが真実であるかぎり、霊的な唯一のむすびつきによるほかはないのだ。だが、他者よりもよわいものである私は、死者の口が大地に近いようにしか近くなることができないのだ。

ボッロメオ島（1）

もっとも遠いものへの愛……
『ツァラトゥストラ』

こういってもいいだろうか？　こう自白してもいいだろうか？　北方の国に移されると、私の生活は重苦しくなり詩がなくなる、と。詩がなくなるという意味は、単調きわまりないものにたいしてたえず新しい面を発見するきっかけとなるあの不意のおどろきがなくなるということである。それに私はといえば、私にとって新しいものにさえ単調な面を発見したものだった……。

私は、私をもっともよく自然にむすびつけるものに心を向けた、たとえば通りを行く動物（馬や犬）に、樹木——ほとんどなかった——に、それから花屋のショーウィンドーのなかにある鉢植えの植物にさえも。そうした花屋の一軒の看板に、「ボッロメオ島の店」Aux îles Borromées というのを見た日の、なんというおどろき！

空がくもって、舗道がよごれて、灰色の家並みをもったこの北の町で、その看板がどんなに似つかわしくなかったかは、あなたがたにも想像がつくだろう。その対照が私の胸を打ったのだ。私は思いうかべた、マッジョーレ湖の水がすそをひたす三つの島、母島《イソラ・マドレ》、漁師島《イソラ・ディ・ペスカトーリ》、美女島《イソラ・ベッラ》を、そして棕梠の木、オレンジの木、レモンの木など、島をこんもりと被うあらゆる種類の木々を。それはさながら地上の楽園ともいうべきヴィジョンだった……。冥府のなかにいた私に空がひらけた。私は吸った、ミモザやふじやばらの花に満ちた空気、イソラ・ベッラの山鳩や野鳩たちがとんでいるいかにも重たげなあの空気を。こんにちすべての人々がそういうものをはずかしいというあの肉体的幸福を私は味わったのだ。はずかしいといいながら、彼らは他の幸福を殺してまでそれを確保しようとつとめている。そんな肉体的幸福は、それ以外のものを認めることができない人たちにとっては、天のめぐみ、精霊の力、神の恩寵にも匹敵するものとなる、とにかく、それは自然で、抗しがたい何物かなのである。

長いあいだ、私は例の看板のいわれを知ろうとはつとめなかった。私はその看板が喚起するものを夢みるだけで十分だった。いわばもっとも遠いものの呼びかけ、蜃気楼の魅力のようなものをそこに見ていた。花屋はあるやみがたい夢にさそいこまれたのだ、と私は考えていた。やがてある日、私は花屋と親しくなった。みすぼらしい店にしてははですぎるこの店の名は、彼のいうところによれば、以前の店主が選んだものだった。それは女の経営者で、あるイタリアの外交官に個人的なつながりがあった。したがって、それらの島々は、北方のドン・キホーテが追いもとめる理想、くらい霧の国のブルジョワが夢みる人工楽園ではなかったのだ。そうではなくて、それは日々の感情のもっとも直接的なあかしであった。そのことは、私にとって一種の警告となるように思われた。私はもっとも遠いものに訣別の辞を述べ、もっとも近いもののなかに避難所を求めなくてはならなかった。旅をして何になるのか？　山は山に、野は野に、砂漠は砂漠につづくのだ。私にとってはいつまでもそのはてしはなく、私のドゥルシネア(3)を見出すことは決して私にはないだろう。だから、世間でよくいうように、私は長い希望を短い空間にとじこめよう。マッジョーレ湖の貝殻の洞窟や手すりによりそって暮らすことが私にできないからには、それらに立派に代ることができるものを見出すようにすればいい！

それはいったい何か？　そうだ、太陽、海、花は、それらがあるところならどこでも、私にとってボッロメオ島になるように私には思われる。ひからびた石の塀、いかにももろく、いかにも人間的な、そんな一つの防禦物だけで(4)、私を島のように一人にするには十分だろう。そして、私を迎えてくれるには、とある農家の入口の二本の糸杉だけで十分だろう……。ぐっとにぎりしめる手、通じあう合図、まなざし……。それらが、つまりは——

いかにも近い、残酷なまでに近い——私のボッロメオ島となるだろう。

見れば一目で…… CUM APPARUERIT …

——プロヴァンスへの開眼

どこかほかのところへ！(1) それは若者の誰もが真先に発する叫びである。若者は生命をかみあわせる。ただ欲望の歯車だけに……。いったい若者は、どこかほかのところへ行けば自分のねがいが満たされると思っているのか？　幸福になるための、愛するための場所が、どこかにあると思っているのか？　しかし若者は、そんな質問を発する人たちを軽蔑する。青年は、自分自身が自分の正しいことの証人となる特権をもっている。青年は信じる、自分が存在することを、そして、自分が信じるものを証明する必要は何もないことを。「もしも私があなたがたに彼女を見せてしまったら」と、ドン・キホーテは商人たちに答える、――ドゥルシネアを女性のなかでいちばん美しいというにきまっている商人たち、そんな彼女をしきりに見たがる商人たちに向かって、「もしも私があなたがたに彼女を見せてしまったら、世間にあれほど周知の真実を自白することが、あなたがたにはなんの効《かい》もないものになるでしょう。大切なのは、彼女を見ないで彼女を信じなくてはならないということです。彼女を見ないで彼女がもっとも美しいことを自白し、確言し、断言し、弁護することです……。」

青年たちの、対象のない飛躍についてもおなじである。そこへの脱出がなかったら、人生は停止する。それに、はじめから可能だとわかっているときの幸福とはなんであろう！私自身も、私をとりまくすべてのもの——というよりはむしろ私を窒息させているすべてのもの——よりほかのものが存在するということを知ったときに、やっと生きることをはじめたのであった。若いとき、人は生命力にあふれていなければ、その孤独を日常の親しい映像で養って行くことはできない。夢だけの世界……。

霧の深い、さむい国に育った子供にとって、古代が啓示されることは最初の解放感である。おや、こんな世界があったのか！　人間のために、人間によって、人間に合わせてつくられた世界、そしてある神のために、ある主人のために、ある機械のために、ある思想のためにつくられたのではない世界。そして、何よりも（このことはわれわれの現代社会に欠けている点であるが）、神的なものが普遍的に現存する。もっとのちになると、詩人たちの想像力を通して、私は人間のなかで人間よりももっと大きなもの、すなわち人間の影をかいま見た。ラマルチーヌのたそがれを、私は忘れることができるだろうか？　ある日、ターナーの描いた『チャイルド・ハロルドの遍歴』を前にして、ひととき私はその画面の若い旅人におきかえられた自分の姿を見た。その人物は、この世界を透明にしている光りのなかで、美しい果物、美しい男たち、美しい流れ、美しい樹木に満ちているある幸福の谷間を、傘松の陰からながめていた……。ひととき、われわれは、失われたわれわれの富みをとりもどして、自分の所有にできるのであろうか？

私はそのことをあとから理解した。私が見ていた世界はプラトンが語っている世界だった。つまり、われわれがかつて生きたある前世、われわれが朝の夢のなかでふたたび見る世界なのだ。それはボードレールの「約束に満ちた土地」(2)、原始人の楽園……。しかし、そのとき私が欲していたことは——欲望は、行動するためにつくられていない人間につよくおこるのだが——私の心にそれとおなじ感動を呼びおこすことができるような場所を見出すことだった。人それぞれに一つの風土がある。大部分の人々はその生まれた土地を必要とする。ある人々は旅に生きること、ホテルに暮らすことしかできない。ある人々は、それぞれ自分のための祖国を選び、死ぬまでそこに忠実にとどまった。プッサンは三度くりかえしローマにたどり着いた。歩いて、無一物でやってきた。目的を達すると、彼はもうほかのところに住もうとは思わなかった。スタンダールは異邦の土地にたいして情熱を爆発させる……。そのように持続する愛は、たしかにある前世の宿命のようなものを意味する。

そうだ、われわれの風土をつくりあげるもの、ある混成物、人ごとに変わる空と土と水との混成物が存在する。それに近づくとき、歩調は重くなくなり、心は花ひらく。しずかな大自然が、ふとうたいはじめるような気がする。そのときわれわれは、さまざまな事物を認識する。まるで恋人たちの一目惚れとでもいおうか。そこにある風景が、胸のときめきをあたえ、快い不安をあたえ、長い快楽をあたえる。波止場の石だたみに波がひたひたよせる音に、畑仕事の快いぬくもりに、夕焼け雲に、親愛の情がわく。私にとって、そのような風景は、地中海の風景であった。

だが、私の本能が私を私の道におしすすめたとすれば、一方何か知らないあるものが、私を尋常の道にひきとめた。私の知性がかならず私に、これはこう、あれはこうというふうに考えさせ、法則通りに讃美したり軽蔑したりさせようとした。ラルッス辞典の著名人を、文法の法則を、公教要理を、教則本を、百科辞典を信じた。案内書がなければ旅行もなく、美術館がなければ美術はなく、解説書がなければ美術館はなかった。懸念なしには行動はなかった。とりわけ、弁解なしには快楽はなかった。私は深い趣味をいろいろもっていたのに、思いきって人にいうことができなかった。ある耐えがたい圧力、私より以前に生きていたすべての人々の横暴な力が私を息づまらせていた。南の国へ脱出したところで、それが反抗のしるしでないならば、何になろう？　しかし、まだそのときまでは、私はおとなしく服従していた。

「きみはきみ自身であれ」と、年上のある友人が私に書いてきた、「田舎娘が田舎娘であり、農夫が農夫であるように。」また、「動物のように人生をたのしめ」ともいってきた。だが、事物と私の本能とのあいだには、つねに遮蔽の幕がたれさがっていた。他人の意見が私をかたくこわばらせていた（意見は人がつくるものだということに私は気づかなかった）。地中海の各地のことで何か私の知った点があるとすれば、たしかにそこにはこんな破壊的な偏見は存在しないということなのである。プロヴァンスの農夫は、その全存在で感じ、考え、信じる。どんな理窟も、母なる大地にはぐくまれた彼の本能が暗示したものから彼をそらせることはないだろう。そのようにして、大自然と人間の精神とは、それぞれのすぐれた力をたゆむことなく交換しあうのである。そして、認識とは交霊にほかならないということが、やがて私の理解したように、真実であるとすれば、そのことこそ真に知るという行為なのである。

いまから十年まえに、はじめて私は地中海を見た。私が知っている大洋は、つねに動き、たえず懐妊の状態にあるもの、私の懸念と不安の映像でしかなかった。私自身のまんなかに、どっかりと腰をおろすには、そのような青い巨体が必要であった。変化のないその海岸は、あなたがたを悠久の観念にさそう、——修正の跡のないデッサンがあなたがたに完璧を思わせるように。

マルセイユとツーロンとは、その旧港のくるみの殻のなかに、確実さのエキスをたくわえている。

そのような充実から一種の音楽が生まれる。あまたの声、あまたの主題の和音ではなく、ただ一つの旋律の単調さである。何度その民謡のしらべをきくために私は立ちどまったことだろう！　それは高い声でうたわれる恋の告白のはてしない連続であり、すさまじい勢でかごからぶちまけられるオレンジの山のような何かであり、そして最後は、するどい調子の一つの大きな叫びであって、人間の感情がすっかりはきだされていた。

そこからはまた一種の造形が生まれる。人体の造形である。北の国々では、あのようにゆたかでありながら不安定な肉体が、ここでは精神とのつながりからくる安定感をもっている。精神が肉体に限界をたもたせ、精神は肉体のなかに愛をもって宿っている。知性はもはや肉体のなかに囚われてはいない。肉体が知性のなかに浸っている。したがって、腕や、胸や、腰や、頸が、いつわることを知らない愛の対象になりうるなどということを、私は想像したであろうか？　たとえばセリヌンテの遺跡(3)のフリーズで、ヘーラーがおごそかに着物をぬぐとき、ゼウスを神聖な畏怖におとしいれるのは、ヘーラーの美ではなく、彼女の体形の確実さである。

北の国の人々が、郷愁をいだいて、あこがれの海のほとりをさまようために、無益なうるさい仕事からぬけだすのをよく見かける。彼らは、土着の貧しい人間にまじって、軽蔑したり憐れんだりしながら歩くが、彼らには、土着の人間に欠けていない何かが欠けている。それは何か？

何人かのイギリス人たちは、突然「スウィート・ホーム」をすてて、ある町の修道院に行ってとじこもり、そこの荒壁によりかかって海を見る。ある秘密が彼らに啓示されたのだ……。はじめて「ある種の幸福の観念」が、息をはずませて彼らの上にとびついてきたあの瞬間を、なんとかしてつかまえたいというのであろう。彼らは申しぶんのない生活を送っていた、――快楽、家庭、旅、快適な設備、等々……。つまり、自分自身の生と死を意識することをさまたげるすべてのものに満ちた生活である。

だしぬけに、石ころだらけの小道の途中で、きたない露地の細道のまんなかで、もっとも内密な感情の底から不快がこみあげて、彼らはすべてのものをはぎとられ、はだかの土の上にはだかで投げだされたのだ。その朝から、その夕べから、新しい誕生がはじまる。その朝から、その夕べから、彼らは、自分のエゴイスムと他人へのなさけ、自分の安楽と他人のそれ、自分の執着と無関心などにたいして、日ごとに絶縁する勇気をひきだすのだ。彼らはもはや孤独しか望まない。そして時間が廃棄され、ついに彼らはある永遠の瞬間にその指先でもってふれるのだ、——適当な言葉がないので、虚無、情熱、そして忘却、と書物が名づけているあの大きくあいた傷口に。

マルセイユからコンスタンチノープルにかけて、地中海の港では、どの国もその民衆のすべてが——一様におなじ民衆である——波止場で、はだしの生活をし、顔は太陽とアニス[4]で焼け、背中はオレンジの箱の荷役でまがり、手の動きはいつでも暴力か情熱に移ろうとしている。昼は、彼らは一見何かに熱中しているようだが、じつは目的のない生活を送っている。ところが、いかがわしい家々や、古い教会でぎっしりつまって、きたならしい洗濯物をやたらとぶらさげたせまい露地が、自由に生きている——貧困のために自由に生きている——それらのすべての人たちにたいして、おそらく彼らが望みもしないであろう親近感をいだく者にとっては、夜になると、無限の魅力をもった歓楽のようすを帯びてくる。いつもあくる朝はどこかへ出航しようとしている人たち、毎晩バーのカウンターで金に危険を賭けようとする人たち、三か月ごとに職を変える人たち、私の興味をひくのは、そうした彼らの冒険の面ではなくて（その面は大衆小説の好材料であろうが）、彼らの幸福の秘密である。

彼らは情熱にとらえられた人間だと考えられているし、なるほどそれがほんとうであろう。だが、どんなたのしみにめぐまれて情熱にとらえられるのか？　太陽、恋、海、賭博によってである。それらのたのしみだけは、何物も彼らからうばうことができない。復讐、遭難は、彼らにすべてを失わせたか？　海と恋は、永遠につづいている。あすはおそらく、あすこそは自分にそむいたそれらのすべてのものが自分にほほえむだろう。それに、とにかくきょうだって、見たところは……。裏切られた心にとって、いともやさしくだきよせる腕のような湾のながめのなんという安らかさ！　そして、その湾の背後に、それがあらかじめ頭に描かせる一体の観念。

心に感じられる形象の布置、これこそ地中海精神をつくりあげているものである。空間とは？　ある肩の曲線、ある顔の楕円形である。時間とは？　一人の青年が浜辺の端から端をめぐることである。太陽の光りが線を切り、数を生みだす。すべてが人間の栄光に協力する。人間の栄光とその滅亡とに。人間がなにがしかの価値をもつとすれば、人間が行動の舞台装置として、風景よりももっと遠くに死をもつことである。一方は他方なしには理解されないだろう。自分の生命の限界についてのつねに現前するするどい感覚だけが、欲望にその人の輪郭をあたえる。人間の力と死の力とのそのような組み合わせから一つの悲劇の哲学が生まれた。

ソクラテスは、おそらく人間としての頂点に達した人間の象徴であろう。だが、彼は処刑される（彼の意志で死ぬ）。きのう彼は石切り場の人夫たちや若い野心家たちとともにぶらついた。あすは名もない屍体となるだろう。だがきょうは牢獄にいて、人類が実現したもっとも完成されたもの、地中海地域におけるもっとも大きな成功を思い描くのである。すべての人間がつぎつぎにたどる二つの道、生と死とのあの交叉点に立った彼が、友人たちとかわしたその最後の対話によって、彼は誰よりもよくボシュエの「いまこそおしえられなくてはならない」(5) nunc erudimini を私におしえる。

＊
＊＊

地中海にそって旅したあの幸福な時を喚起するのに私は努力を要しない。それらの時間は、たえず現前している。アルジェの台地の上での熱い夜、はげしい欲望のように唇をかさかさにするシロッコ、イタリアの風景のかがやき、そして人いきれ、――いずれも、私にとっては、実を結ばないあだ花ではなかった。

しかし、ギリシアを語ろうとすると、私に映像は浮かばない。それらの映像は一つの感情におきかえられる。愛しはじめて、会うことをほとんどやめている人の映像が、心のなかで大きくなるにつれて目から消えて行くようなものだ。木がなくてむきだしの風景、岩石の多い丘、おもちゃのようにもろい古代の神殿。大きな悲しみにも似た極度の簡素。私自身と人間とのぴったりした一致。私は日々の作為や虚偽をその場にすて、ついに私の人間性とじかに顔をつき合わせることができる。ついに私から解放され、ついに私自身にかえる！ 一つの友情がついに可能になる！

　プロヴァンスは、その点からいえばおそらく力はよわいが、なごやかさではまさっている。いまでも私はあの春の朝を思い出す。その朝私はパリからの汽車をおり、ドン群山(6)の岩山が切りひらく空間を発見して驚嘆した。太陽が傾くにつれて海のように変化する川の流れを、平野を、古い館の跡をながめて、私は何日かをすごした。それ以来、私はもっとも美しいところをつぎつぎに発見した。アルル、——それから、アヴィニョンがひろげるすばらしいながめをかたいこぶしのなかににぎっているレ・ボー(7)。ルールマラン(8)。それから、いまは土地ブローカーの脅威にさらされているポール＝クロ島(9)。しかし私をほんとうに南フランスのふところに入れてくれたのは、アヴィニョンの田舎である。それに、私がこの土地を五月のちかちかする微妙な光りのなかでしかふたたび訪れる気にならないとすれば、それははじめてこの土地を知ったのがその季節であったからであり、感情にとっては第一印象だけが大切だからである。しかしまた、この土地と春とのあいだには、リュベロン(10)の山と秋とのあいだのように、深い、目に見えない応和が存在するということも信じたいと思う。同様に、われわれの内奥に眠っているすべての潜勢力を、努力なしにはたらかせる年齢というものが誰にでもあるように思われる。そういう年齢になって、やっと人々は自分のほんとうの存在を再認識し、自分を愛することができるのである。

プロヴァンスに結びついた私の友情——親愛感——は、まもなくその風景、その史蹟と合体した。私の精神のなかで、物と存在とが一体になった。大自然から人間へとかよい合う親愛感は、いずれも何かを建造するという同一の意志となってあらわれる。かつてローマのものであった土地は、そうした親愛感から発する肯定の声をもっぱら建物に高めている。人間が人間に結びつくのは、ひたすら築くためである。他の土地では破壊される都市。ところがその都市を建設するのは人間の親愛感である。この土地では、すべての人間が建築家として生まれる。ロマネスク芸術、ルネッサンス芸術は、古代と力を合わせ、人間に精神の重心をとりもどさせる。風景もまた一つの建造物である（建造物 construction というのは人々が使いふるした言葉だが、ここでは永遠に新しい）。いまや私は緊密な空にそびえる四角い塔を愛する。それに、糸杉たちが地面とまじえるあの直角のなんという美しさ！　それらの糸杉たちに近づくとき、また古代の廃墟やロマネスクの修道院に近づくとき、否定への私の欲望、社会形態への私の嫌悪はしずまる。私よりも以前にここに生きた人々は、道理に適った物しか私にさしださない。私はそうした物を彼らから受けとり、彼らのあとを受けて、私もひきつづきそうした物を欲求する。それにまた、彼らの詩は、代々おなじ美を反映する。こんにちルールマランの城から見おろされるリュベロンの峡谷をうたったつぎに挙げるような古い詩句を読むとき、私はアンリ・ボスコ(11)の詩篇を思い合わさずにはいられない。

その蹄《ひづめ》するどく荒い山羊の時代に、
森のシルヴァヌスらや、毛深いファウヌスらが、
この原始の奥処《おくが》に住んでいた。
謝肉祭の日ともなれば、この場所に、
シレヌスとパーンとは、舞踏会を催した、
近いあたりに住む女の精ドリュアースらに呼びかけて。

そして、そのボスコの口から、ラ・トゥール＝デーグの城(12)のすべての扉の上に、サンタル男爵が（彼は自分がはげしく恋いこがれているマルグリット・ド・ヴァロワを迎えるだけのために、この城を建てさせたのであったが）、

という感動的な銘を刻ませたことをきくとき、私はいまやその銘をプロヴァンスそのものにあてはめてみたくなる、――すなわち「見れば一目で恍惚となる」のである。
SATIABOR CUM APPARUERIT《サティアボル・クム・アッパルエリット》(13)

＊

私がこの地方に、この現在の根拠地に、ついに私のすみかを見出したとすれば、おそらく親族をはなれた私の根なし草の生活も無益ではなかったのだ。いやむしろ、必要でさえあっただろう。親族の神々よりも異なる神々を信奉するためには、親族の神々をすてることが私には必要であった。私は自分の風土を求めて旅立たなくてはならなかった。忍従すべきではなかった。あまりの忍従は、単なる卑怯にすぎない。しかし反抗は、結局は、何物にも結びつかないことになる。私はブルターニュをすてて、プロヴァンスに結びつくことになった。私が迷信的、圧制的な信仰を拒否したとすれば、それはそのおなじ信仰を、均衡と希望の色調のもとに迎えるためであった。そして、親族に関してはといえば、私は、何一つ係累をもたない男を想像するのだ。自分の結婚式に、親しい友人たちや未知の人々を呼ぶ男である。しかし、そのことはすでに『福音書』に出ているではないか、いまさら何をつくりだす必要があろう？　「婚宴の用意はできているが、招かれていたのは、ふさわしくない人々であった。だから、町の大通りに出て行って、出あった人はだれでも婚宴に連れてきなさい。(14)」そのような流離の悲しみが必要だとすれば、それは、新しい治癒と健康の希望のなかにおいてでしかない。呪われた者、除《の》け者、流れ者になることは、おそらくもっとも楽な傾斜をたどることでしかないだろう。あることを信じるのをやめるのは、かならず他のことを信じるためにでなくてはならない。それが思いちがいをしない唯一の方法だろう……。いま私がつよく感じさせられるのはつぎのことである。おそらく（私は、おそらく、をつける）、あれよりもこれを信じるという決断をするための十分な理由は何もないだろう。それなのに、これまたはあれを信じる人たちが、その双方を否定する人のとりにがす重要なことをつかむのはなぜか？　これまたはあれを信じる人たちが、理解し、生き、愛するのはなぜか？　他の人たちが、そうでないのは？

　したがって、私がすべてのきずなを断ち切ったあとで、生きるために、他のきずなをつくらなくてはならないとすれば、それは勝利の女神 la Victoire が聖女になっている土地、* 処女なる聖母 la Vierge とディオニュソス Dionysos とが融和している土地、** (15) ローマの神殿がいまもあがめられている土地、*** そこでは丘がアクロポリスであり、カランクがギリシアの港である、といったそんな土地にたいしてでなくてはならないのである。そうだ、私はこの二重の語意を愛する、私はこの混同をたのしむ。鎖は切れていても、結びあわせることができる。二年前にシルヴァカーヌ大修道院の遺跡をたずねたときのことを私は思い出す。構内にのこる一修道院が家畜小屋になっていて、牡牛とろばとが仲よくならんで草を食《は》んでいた。彼らは幼児キリストを待っていた。彼らはある誕生 une naissance を——永遠の再生の象徴であるルネッサンス une Renaissance を——告げていた。私を呼ぶこのおびただしい光りに応えるには、私のなかにはまだ影が多すぎる。生の力がしばしばおそろしいまでに私にせまって見えるのだ。しかし、この生のはじまりは、じつに美しい!私の生は毎日新しくはじまる。

* ラ・サント・ヴィクトワール山。(16)　** ヴァンタブラン(17)教会献堂の辞にいわく、「ディオニュソスを生んだ聖母」Virgini Deiparæ Dionysoque. もちろん、サン・ドゥニ教父 Saint Denys にかこつけている!　*** ヴェルネーグの遺跡。(18)

日本語訳『孤島』のための跋

ジャン・グルニエ

われわれは、自分が生まれたと思っていた国に、かならずしも生まれていたのではないかもしれない。

われわれの少年時代は、暗い霧を身にしみて知らされた。そしてわれわれがあこがれていたのは太陽である。

われわれはとざされた世界に生きていた。そしてわれわれをひきつけていたのは空白の魔力である。

「何物」をも照らさないある大きな光明が、われわれを極東にひきつけていた。

われわれが、前もって定められた自分の運命を知るには長くかかる。

運命の限界を認めるには、さらにそれ以上に長くかかる。われわれには神が欠けている。

そしてそれをふたたび見出すまでには、それの代りになることができるものは何もない。

しかし自然にたいするある神秘な感情が、われわれの内的な宿命のそとで、われわれをある絶対のなかに合一させてくれる。

ジャン・グルニエ

Postface

Peut-être ne sommes-nous pas toujours nés dans le pays où nous avions cru naître.

Notre enfance a pu connaître la brume et c'est au soleil que nous aspirions.

Nous vivions dans un monde fermé et c'est le vide qui nous attirait.

Une grande lumière qui n'éclaire "Rien" nous appelait vers l'Extrême-Orient.

Nous mettons bien du temps à connaître notre prédestination.

Nous en mettons encore plus à en reconnaître les limites. Dieu nous manque et rien ne peut le remplacer jusqu'à ce que nous le retrouvions. Mais un certain sentiment mystique de la Nature peut, en dehors de nos fatalités intérieures, nous faire communier dans un absolu.

J. G.

訳注

アルベール・カミュの序文（一九五九年）

この序文ははじめ「ジャン・グルニエの『孤島』について」と題して《プルーヴ》誌一九五九年第九十五号に掲載され、ついで『孤島』の改訂新版（一九五九年）の巻頭につけられた。

(1) 私は二十歳だった——アルベール・カミュは一九一三年生まれだから、二十歳の年は一九三三年で、グルニエの『孤島』が最初に出版された年にあたる。したがってカミュは、この本をその出版直後に読んだことになる。『孤島』の作者は、一九三〇年以来アルジェ国立高等学校哲学級（文科最終学年）の教授であり、この年からカミュはその教え子となった。

(2) 『地の糧』——アンドレ・ジッド作の生命礼讃の書（一八九七年）。一八九三年のアフリカ旅行で病に倒れたジッドが、砂漠の啓示を受け、厳格なプロテスタントの禁欲主義からぬけだす体験を告白した散文詩体の作品。カミュがはじめてこの作品に接するのは、グルニエに出あう一年前の一九二九年、十六歳のときである。肉屋を職業としていた読書ずきの叔父がそれを貸してくれた。この作品の舞台にじかに生き、窮乏に耐えていた若いカミュは、生活苦を知らないパリのブルジョワ文学青年の異国趣味的陶酔に違和を感じ、その「出あいは失敗に終った」。翌年教師グルニエがさしだしてくれたアンドレ・ド・リショーの『くるしみ』André de Richaud: *La Douleur*（グラッセ書店刊、一九三一年）に描かれた、母、貧困、美しい空に触れることによって、はじめて文学への開眼をとげたことを、カミュはアンドレ・ジッドへの追悼文のなかで語っている（《新フランス評論》——《N・R・F《エヌ・エル・エフ》》——一九五一年十一月号）。

(3) 地上の果実をうたう——『地の糧』四の三、「ざくろのロンド」をさす。「そしてその夜中に、彼らは地上の果実をうたった。」

(4) 肯定の瞬間——または然りの瞬間 les instants du *Oui*、「否定（否《いな》）の瞬間」にたいしていう。カミュは『裏と表』のなかの「肯定と否定とのあいだ」という章で、真の楽園は幼少年期の失われた楽園であると述べて、そのような楽園の映像がよみがえる時間を、肯定の時間と否定の時間とのわずかな相間《あいま》に設定している。「この夕べ、私によみがえるのが、ある幼少年期の映像であるとすれば、そこから私がひき出すことのできる愛と貧困との教訓をどうして受けいれないでいられよう？ この時間は、肯定（然り）と否定（否）とのいわば相間なのだから、その瞬間だけ、私は生きる希望や生きる嫌悪を他の時間にゆずっておくのだ。そうだ、失われた楽園の透明と素朴さだけを受けいれること、一つの映像のなかに……。」したがって肯定の瞬間とは、希望に生きる時間であって、必然的にその裏である否定の瞬間——嫌悪に生きる時間——につながる。これはニーチェの『偶像の黄昏』のなかの、「私の幸福の定式、——一つの然り、一つの否、一つの直線、一つの目標」（阿部六郎訳）から汲まれた思想である。しかし、グルニエはその著作『絶対と選択』*Absolu et Choix*（一九六一年）のなかでこの言葉を解釈しているし、週刊誌《フィガロ・リテレール》の一九五七年十月二十六日号でグルニエがカミュの学生時代を語った文章は「一つの然り、一つの否、一つの直線」と題されているところから見ても、これはグルニエからカミュにつたえられた思想であろう。

（5）『マーディ』――『白鯨』の作者ハーマン・メルヴィル（一八一九～一八九一）の幻想的な小説 *Mardi, and a Voyage Thither*（一八四九年）。作者三十歳で書かれた結婚後の第一作。放浪の捕鯨船脱走水夫が南太平洋のマーディ諸島（イギリス領ドミノラ島とアメリカ領ヴィヴェンツァ島）をめぐって幻の美女イラーを追い求める物語。なお、カミュはメルヴィルに大きな親近感をよせていた。

（6）まなび――原語 l'imitation は、まねることであるが、ここではとくに知的、道徳的に、ある人を手本にする（まなぶ、ならう）ことを意味する。たとえばトマス・ア・ケンピスの『イミタチオ・クリスティ』のイミタチオはこの意味に用いられている（『キリストにならって』）。

（7）『孤島』に新しい読者がつくときだ――『孤島』は、一九三三年の初版以来二十六年後の一九五九年になって改訂新版が出た（その新版にカミュが「序文」をよせたのである）。したがって本書にまた新しい読者ができるときだというのである。

空白の魔力

（1）ラザロ――「ヨハネ伝」（第十一章の一～四四）によれば、ベタニアのラザロは、死後四日目にイエスの声「ラザロよ、出てきなさい」によって、「手足を布でまかれ、顔も顔被いで包まれたまま」

墓石の下から出てきた。

（2） 特権的瞬間——これはある特定の作家たち（ルソー、ネルヴァル、ボードレール、プルーストなど）にもたらされた天啓的、直観的、無意志的な歓喜、完全な幸福の瞬間で、彼らに文学的創造の神秘な源泉を暗示した心理現象。しかしこれはそれぞれの作家によって個性的な相違がある。グルニエはこの文章では、そうした特権的瞬間を自分は知らなかった、ただそれに似た奇妙な状態を経験したと書いている。一方グルニエの半自伝的小説『砂礫の渚』*Les Grèves*（一九五七年）の終りには、話者である「私」が体験した特権的瞬間の精密な分析がおこなわれている。『孤島』ではこのあとにも聖なる瞬間、祝福された瞬間という言葉が出てくる。

（3）「悪の問題」——ヘーゲル、ニーチェ、シェストフの「悪の哲学」。「悪の問題」という表題の哲学書（一九二〇年代）としてはつぎのものがある。E. Lasbax: *Le Problème du Mal,* Félix Alcan. グルニエは『存在の不幸』*L'Existence Malheureuse*（一九五七年）のなかで人間存在における悪の問題を考察している。

（4） 物の現実性のはかなさ——「現実性のはかなさ（稀薄）」という言葉については、ただちにシュルレアリスムの詩人、詩論家アンドレ・ブルトンの『現実性のはかなさについての序論』André Breton: *Introduction au discours sur le peu de réalité*（一九二七年）を思いうかべるであろう。

（5）「文学的な悪」——文学的な悪をとりあつかったものとしては、古くはテオフィル・ゴーチエの「ボードレール」（『悪の華』第三版の序、一八六八年、このなかに「文学的な悪」という言葉がある）、ポール・ブールジェの『近代心理試論』（一八八三年）、エルネスト・セイエールの『ロマン主義の悪』（シャルル・フーリエとスタンダール）Ernest Seillière: *Le Mal Romantique*（一九〇八年）がある。近くは、サルトル、ジョルジュ・ブラン、マルセル・リュフ等によるそれぞれの『ボードレール論』、またジョルジュ・バタイユの『文学と悪』（エミリ・ブロンテ、ボードレール、ミシュレ、ブレイク、サド、プルースト、カフカ、ジュネ）Georges Bataille: *La Littérature et le Mal*（一九五七年）がある。

（6）無限についての感情――この無限と虚無とについてはパスカルの『パンセ』が念頭におかれている。第二章「神なき人間の惨めさ」七二、第三章「賭の必要性について」一九四、二〇六（中央公論社版、世界の名著『パスカル』前田陽一編集による）。

（7）砂礫の渚――グルニエが少年期を送ったブルターニュ地方の海岸をさす。前記半自伝的小説『砂礫の渚』にくわしい描写がある。

猫のムールー

（1）アンタイオス――ギリシア神話でポセイドンの子。大地の王として怪力をふるい異邦人と組み打ちしてこれを扼殺した。ヘラクレスはこの怪物が大地に触れるたびに力を増すことを知り、これを高々と両腕にだきあげ腕のなかで粉砕した。

（2）祝福された瞬間――「空白の魔力」の注（2）特権的瞬間を見よ。精神が特権的瞬間と類似の状態におちいる幸福な時間のこと。

（3）逃げるよりほかはない——「のがれよう」fuirというのは、マラルメの詩篇「青空」や「海の微風」で重要な意味をもつ言葉である。

（4）諸聖人の祝日——カトリックの祭日Toussaintのこと。十一月一日、墓もうでの日で菊の花を墓前にそなえる。

（5）この小さな町——終りのほうでこれがブルターニュの町であるとの暗示があたえられる。なおこのあとの注（13）を見よ。

（6）二階の踊り場——日本流に二階と訳した。二階の戸口の前の踊り場（休み場）で猫はまず鳴き、合図をしておいて、それからもう一階上の屋根うら部屋への階段をのぼって話者の戸口の敷居に達するのである。

（7）ボシュエ——司教、名説教師、ルイ十四世の王太子の師父、フランス古典主義の典型的な文体をもった作家（一六二七〜一七〇四）。著書には『説教集』『弔辞集』がある。なお引用の出典は不明。

（8）ヘリオポリス——カイロの北東、ナイル河のデルタの南端にあったエジプトの古都。

（9）猫に関するモンクリフの無類の快著——モンクリフ（一六八七〜一七七〇）はフランスの文学者。パリに生まれパリで死んだ。多芸の才子で貴族社会にその名をうたわれ、のちオルレアン公爵の秘書、王太子の侍講、フランス王室修史官となった。小説や劇作もあるが、『猫物語』*Histoire des Chats*（一七二七年）が博識で気どった一種のパロディとして有名である。

（10）「忍耐のわざ」の原語le jeu de patienceには、トランプの一人占いの「ペイシェンス遊び」の意味がこめられている。「消え去った日々」の注（2）を見よ。

(11) アクロポリスの丘――おそらくここには十九世紀の名文の典型とうたわれたエルネスト・ルナンの『アクロポリスの丘の祈り』(一八六五年)――美の奇蹟への精神的高揚につらぬかれた名文――への皮肉がこめられているのではないかと思われる。

(12) ラ・フォンテーヌの木こり――『寓話詩』巻一の一六、「死神と木こり」の故事。生活が貧しく荷がくるしいために死神を呼んだ木こりが、死神に何の用かとたずねられて「この薪をもう一度背負う手助けをたのみます、ひまはとらせません」と答えたという。教訓は「死なんよりもくるしみ行かん」。

(13) 私の友人のギユー――ルイ・ギユー Louis Guilloux (一八九九～一九八〇)、ブルターニュ出身のフランスの小説家。貧困の家庭から出てジャーナリストになり、作家になったが、その自然主義的観察は貧しい民衆の本質に深く徹し、その文章には社会主義的反抗とペシミスムの気質がにじみ出ている。ギユーはグルニエが育ったブルターニュの町サン＝ブリユーの生まれで、年齢もグルニエより一つ年下だから、おそらく学校またはクラスをともにしたことがあったかもしれない。前記注(5)の「小さな町」は、したがって、サン＝ブリユーか、その近辺の町であり、そこで二人は隣人同士であったのだ。なお、ギユーは『ペイシェンス遊び』(一九四九年刊)でルノード賞を受けている。

(14) 私の叔母――本文の前後から考えて私の母の間違いかと思われるが、もちろんそうでない場合も考えられる。母方の家族(母の姉妹)がきていたかもしれない。グルニエ自身に問いあわせても、「私の叔母は『砂礫の渚』に出てくるでしょう」というようなあいまいな返事であった。

(15) シュレーヌに近いあんな島――シュレーヌはボワ・ド・ブーローニュのロンシャン競馬場の対岸

のセーヌ河にそった町。シュレーヌ橋でボワとつながっている。島とはその橋の下流にあるピュトー島のことか？

(16) ヴィア・アッピア——ローマ近郷の平野、いわゆるカンパニアにある大きな街道。沿道に古代の墓地、地下墓地があり、名所になっている。

ケルゲレン諸島

(1) ケルゲレン諸島——ケルゲレン諸島はインド洋上にあるフランスの群島で南アフリカとオーストラリアとからそれぞれ等距離にある。広さは六千二百三十二平方キロメートル。フランスの航海家ケルゲレン・ド・トレマレック Kerguelen de Trémarec によって一七七二年に発見された。この島についてほ、本章の末尾に加えられたある旅行者の記録からの短い引用文で極めて簡単に触れられているにすぎない。グルニエの本章が雑誌《N・R・F》一九三一年五月号に掲載されてから二年後の同月の同誌に、ヴァレリー・ラルボーが「ケルゲレン島の総督」という題の文章を発表している。これは、「ある孤島であなたの人生ののこりをすごさねばならないとしたら、あなたがもって行きたいと思う二十冊の本はどんな本か？」というアンケートにたいする返事の形をとった作品で、ラルボーはこうして選ばれた作品によって、「ケルゲレン総督文庫」をつくる腹案をもっていた。要するに、このケルゲレン島はフランスでは「孤島」（ある意味では無人島）の典型として挙げられるものである。

(2) エルムノンヴィル——ジャン＝ジャック・ルソーが死んだパリ北方四十五キロの小さな町。深い森の入口にあるシャトー（ルソーが晩年に迎えられたジラルダン侯爵の城館）、庭園の池（その池のなかにルソーを葬ったポプラの島がある）、森のあいだにひろがるデゼール（広大な白い砂丘状の荒地）で名高い。ルソーはここにきて六週間で死ぬ（一七七八年七月二日）。ここに移る直前までは、一年半にわたってパリの陋屋で『孤独な散歩者の夢想』を書いていた。

（3）オランダのデカルトと引用文――デカルトは一六二八年秋から一六四九年九月までオランダに滞在し（Franeker, Amsterdam, Deventer, Utrecht, Leiden, Santpoort, Endegeest, Egmond）、ついでスウェーデンの女王クリスチナの招きによってストックホルムに出発するが、翌一六五〇年二月十一日にその地で歿した。フランス語で書かれた有名な『方法序説』は、一六三七年にライデンで無署名のまま公刊。グルニエが引用しているのは、その第三部の最後の文章である。なおデカルトは一六三一年五月五日のゲ・ド・バルザックあての手紙のなかで、アムステルダムのゆたかで活発な生活、東洋風の異国趣味、完全な個人の自由などをつたえて、のちのボードレールの詩篇「旅へのいざない」の発想を呼びおこすことになる。

（4）防火措置――火事の延焼を防ぐために隣接の建物の一部をこわして防火策を講じること。原語ではla part du feuという。犠牲をはらって厄ばらいをする意味にもちいられる。精神の自由を固守すること、孤高の精神の意に解してもよい。のちにモーリス・ブランショがその評論集にこの表題を選んでいる。Maurice Blanchot: *La Part du Feu*（一九四九年）。

（5）ベルリッツ外国語学院――国際ベルリッツ外国語学院協会La Société Internationale des Ecoles Berlitzが経営する外国語学校。

(6) ピアツェッタ――イタリア語ピアッツァの縮小辞、小広場の意。固有名詞としてはヴェネチアのサン・マルコ運河からサン・マルコ大聖堂前の大広場をつなぐ中間の小広場、つまり、パラッツォ・ドゥカーレ前の小広場をさす。

(7) 自然の状態――この言葉 état de nature は、ルソーの『人間不平等の起源と根拠論』に出てくる原始人＝幸福人の状態であり、人間の原始的な状態としてルソーが考えた想像の世界である。ルソーは、そういう状態が実際に存在していてそれに「かえれ」といっているのではない。そういう状態は失われた、とりかえしがつかないまでに失われた、という深いノスタルジーの実感に由来する仮定である（ジャン・スタロバンスキー『ルソーの政治思想』、スイス、ラ・バコニエール社刊、一九六二年を見よ）。

(8) 潟めぐり――ヴェネチア湾は潟状の海岸で、そこをゴンドラでめぐるのが観光客の常識である。滞在が短期であれば真先にゴンドラで潟めぐりをするのが普通だが、自分はそんな現実性（自然）のなかにいてもその現実性から遠ざかるために、むしろ安っぽい映画を一つ見ただろうというのである。

(9) 鉛板の牢獄 Prigioni dei Piombi――ヴェネチアのサン・マルコ大聖堂に隣接するパラッツォ・ドゥカーレの屋根うらにあった鉛板づくりの牢獄で、十六世紀につくられた。スキアヴォニ海岸通りは、サン・マルコ大聖堂、パラッツォ・ドゥカーレから東に向かってサン・マルコ運河にそう海岸通りの名称で正確にはリヴァ・デッリ・スキアヴォニという。

(10) カザノーヴァ――ヴェネチアに生まれたイタリアの追情冒険騎士（一七二五～一七九八）。イタリア、トルコ、フランス、ドイツ、ロシア、スペインを放浪し、その神秘で不可解な山師的、色事師的な行動で、各国の宮廷、貴顕、貴女のあいだに多くの逸話、醜聞をのこした。カザノーヴァは一七五五年にイタリア、ドイツの放浪からヴェネチアに立ちもどって、鉛板の牢獄に入れられ、そこを脱獄した。のちに『ヴェネチアの鉛板の牢獄逃亡記』(一七八七年)を書いている。最晩年はベーメン(ボヘミア)のヴァルトシュタイン・ヴァルテンベルク伯爵の庇護を受け、ドゥックスの城館で書庫係りとなり、従僕のような生活をしながら小説『イコサメロン』(一七八八年)と自伝十二巻とを書き、その地で死んだ。フランス語で書かれた彼の『自伝』*Histoire de ma Vie* は彼の名を不朽ならしめた。この書は一八二二年に、はじめてドイツ語による翻案の形で公にされ、ついで一八二六年にフランス語の不完全な修正原文が出た。正しい原稿はライプチッヒのブロックハウスのブロックハウス出版社の金庫に秘蔵されていたが、ようやく一九六二年になってブロックハウス・プロン版として公刊されはじめた。

(11) 回春の泉——ユーヴェンタスの水の意。ユーヴェンタスは、ユーピテルが泉に変身させたニンフの名で、その泉にはそこに水浴にくるものに青春をとりもどさせる効力があるとされた。

(12) 「きょうで私は五十歳になる」——スタンダールの『アンリー・ブリュラールの生涯』の第一章の冒頭、「私は、けさ、一八三二年十月十六日、ローマのヤニクルムの丘の上、サン・ピエトロ・イン・モントリオ教会にいた。すばらしいお天気だった」にはじまる文章のすぐあとに出てくる。

(13) トランプのマニーユ——マニーユはトランプの遊びの名。スペイン語ではマリッラで「いたずらっぽい女」の意。遊び方は種々あるが切り札は十でこれをマニーユと言い、つぎにつよいのがエースでこれをマニヨンと呼ぶ。

(14) パスカル——パスカル『パンセ』第二章一三九の一節、「ある男は、毎日わずかの賭事をして、退屈しないで日を過ごしている。賭事をやらないという条件つきで、毎朝、彼が一日にもうけられる分だけの金を彼にやってみたまえ。そうすれば、君は彼を不幸にすることになる。彼が追求しているのは、賭事の楽しみなのであって、もうけではないと、人はおそらく言うだろう。それなら、彼にただで賭事をやらしてみたまえ。そうすれば彼は熱中しなくなり、そんなものは退屈してしまうだろう」（由木康・前田陽一訳）。

(15) アンティステネス——ギリシアの哲学者、ソクラテスの弟子で、キニク学派の長。富みの軽蔑を高徳と考えた。

(16) ポール＝ロワイヤルへの隠棲が社交界のあとに、オランダが軍隊生活のあとに——ポール＝ロワイヤルはパスカルの場合、オランダはデカルトの場合である。ポール＝ロワイヤル・デ・シャンはパリの南西三十三キロメートル、シュヴルーズの谷間の湿地帯にあった修道院。その主体をなす女子修道院は一七一〇年に政府によってことごとく破壊され、こんにちでは男子がこもったレ・グランジュと称する建物が二キロメートルほどはなれたところに現存するだけであって、ここにパスカルがこもった部屋がある。パスカルが最初にポール＝ロワイヤル・デ・シャンを訪れたのは一六五五年一月であるといわれる。

(17) ダンテ——『神曲』第一部第一歌第二行に、暗い森 selva oscura という言葉がある。

(18) 「へりくだることによって霊感に身をささげ」——死刑を宣告され、ついでシベリアの流刑に耐えたドストエフスキーの後半生の作家生活が暗示されている。グルニエは『存在の不幸』第三部第二章「絶対の自由」のなかで、この問題を検討している。

（19）ある旅行者——《N・R・F》誌一九三一年五月号に掲載された本文のプレオリジナルでは、グルニエはこの引用文の作者、すなわちある旅行者の名を、E・オーベール・ド・ラ・リュ E. Aubert de la Rue であると注で明記している。しかしこの注は単行本からはけずられてしまった。

至福の島々

（1）至福の島々——至福の島々 Les iles Fortunées は固有名詞でスペイン領カナリア群島の古名で、サハラの北西部大西洋上にある島々である。一四〇二年にノルマンディ人ジャン・ド・ベタンクールによって発見された。グルニエの本篇は、最初に《N・R・F》誌一九三二年四月号に発表された。そのときの目次の表題は Fortunées だけが頭文字ではじまっていて一見固有名詞のように見えるが（それ以外の個所では表題は全綴字が大文字で印刷されているから区別がつかない）、本文の末尾に出てくる場合は原文で私の至福の島々 mes iles fortunées とあるように小文字であって、固有名詞の意味に使われていないことがわかるし、固有名詞であることを知らないで読むほうが含みの多い表題である。それは「至福の島々」として、古来多くの詩人や思想家が想像した幻想の島々である。たとえば、ギリシアでは死者が至福者として行くところであり、また十六世紀の詩人ロンサール Ronsard はユマニストのミュレ Muret にあたえた詩「至福の島々」*Les Isles Fortunées*（一五五三年）のなかで、

旅立とう、ミュレよ、ほかのところに求めに行こう、

もっとよい空を、もっとよい他の魅力を……
のがれよう、のがれよう、いずこかへ……
ほかのところに、永遠の休《やす》らいに生きるために。

とうたい、ローモニエが『抒情詩人ロンサール』Laumonier: *Ronsard, poète lyrique*（一九二三年）で解説するように、ロンサールにとって「至福の島々」とは「想像の国であって、戦争と精神的なあらゆる不幸とになやむヨーロッパを去って彼がそこにのがれようと夢みる彼方」なのである。ニーチェは『ツァラトゥストラ』のなかでしばしばこの島々を喚起し、やがて「至福の島々も、もはや存在しないのだ」と慨嘆するにいたる。

（2）ランブラ・サン・ホセ——バルセロナの目ぬきの大通りの中心をなす通りの名で、花市場が立つので有名。ランブラ・ラス・フロレスともいう。

（3）モーリス・バレスのもの——バレスの名作『グレコ、またはトレドの秘密』（一九一二年）をさす。エル・グレコの大作『オルガス伯爵の埋葬』のことが神秘的に語られている。

（4）シディ＝ブー＝サイード——カルタゴの遺跡を見おろすチュニジアの海岸名。

（5）ヒラルダの塔——セヴィリアの大聖堂にあるキリスト教大鐘塔で、下部七十メートルまでは旧回教堂時代のもの（十二世紀）でアラビア様式、上部は一五六八年に構築、全体の高さは九十七メートル五十二ある。塔の上に四メートルの大きなブロンズ像「信仰」があり風で回転する。その像をel Giraldillo（ヒラールは旋回するの意）というところからこの塔の名がある。

（6）ルソーの文章——『孤独な散歩者の夢想』（第五の散歩）からの引用。サン＝ピエール島はスイスのビエーヌ湖のなかにある小さな島で、ルソーは一七六五年六月十二日から十月二十五日まで滞在（五十三歳）。なお『告白録』第二部十二章を見よ。

（7）エマオの巡礼者たち——エマオはエルサレムから七マイルばかりはなれたユダヤの村。イエスがその復活後最初にその弟子たち二人（巡礼者）の前に姿をあらわした村である。ともに行き、それと認められず、ともに食事して、やっと認められるが、その姿は消える（「ルカ伝」第二十四章）。この二人は、人々にそのことを話したが、彼らはその話を信じない（「マルコ伝」第十六章）。『エマオの巡礼者たち』と題する名画としては、ティツィアーノ、ヴェロネーゼ、レンブラントのものがそれぞれルーヴル美術館にある。レンブラントの『エマオの巡礼者たち』（一六四八年）の「沈黙」については、植田寿蔵『絵画の論理』（一九六七年）第八章を見よ。

（8）フロリディアナ公園——ナポリ市内西部高台にある名園。そのなかにシチリアとナポリ（両シチリア）の国王、フェルディナンド一世（一七五一～一八二五）が一八一七～一八一九年にフロリディアナ公爵夫人（王と身分ちがいの結婚をした）のために建てたヴィラがある。庭は柏、松、シトロンの木々、とくに椿の植えこみで有名であり、その展望台からはナポリ湾の向こうにカプリ島が見える。

（9）サン・テルモ——前記フロリディアナ公園に近いカステル・サン・テルモは、一三二九年に建てられ十六世紀に改造された要塞で見はらしがいい。

（10）二つのパラッツォ——高度三百七十五メートルに位置するラヴェッロの町にあるルフォロとチンブローネの二つのヴィラ。ルフォロの城館には、ワグナーがここに滞在し、祝典劇『パルシファル』第二幕でクリングゾールが出現させる夢の花園と花の少女たちのモチーフを着想したという展望台がある。

(11) チンブローネ――ヴィラ・ルフォロよりもさらに突出した断崖の上にあるもう一つのヴィラ、その公園の糸杉とつげの小道の奥にはサレルノ湾を見おろすすばらしい展望台がある。

イースター島

(1) イースター島――スペイン語でIsla de Pascua、フランス語ではIle de Pâques。一八八八年以来チリ国に属する南太平洋の孤島。チリから二千三百マイル、広さ百七十平方キロメートルで、ポリネシア系先住民の遺構と推定される巨石の異様な群像(モアイ)が立ちならぶ。《アサヒグラフ》一九六八年二月九日号市川政喜カメラマンの写真を見よ。この当時人口は八百。なお、フランスのガリマール社発行の文庫本Collection《idées》のなかにつぎの一冊がはいっている。Alfred Métraux: *L'île de Pâques.*

(2)「涙、涙」――たとえば『ハムレット』でオフィーリアのうたう歌には「涙の雨」がくりかえされる。

(3)「毎日ビフテキを焼いてもらって食ってるやつがいる」――「パンを焼いてもらって食っている」といえば「安楽に暮らす」という意味である。ここではパンがビフテキに置きかえられている。

(4) スエトニウス――ローマの史家(紀元後約六九～一二五)で、『十二人のカエサルの列伝』*De Vita XII Caesarum*(ユリウス・カエサルからドミティアヌスまで八巻)を編んだ。

（5）ティベリウスとカリグラ——ティベリウスはローマ第二代の皇帝、カリグラは第三代の皇帝。ティベリウスは帝国を安泰にし富みを蓄積したが、王位継承者が毒殺されてからうたがい深くなり、異常に残忍な性格となった。マリ＝ジョゼフ・シェニエの五幕韻文悲劇『ティベリウス』（作者死後初演一八四四年）がある。カリグラは狂気と残虐のかぎりをつくして富みを失い暗殺される。アルベール・カミュの四幕の劇『カリグラ』（初演一九四五年）を見よ。いずれも前記スエトニウスの史書にその生涯が語られている（第三巻ティベリウス、第四巻カリグラ）。

（6）クックの『航海記』——キャプテン・クック（一七二八～一七七九）は、第三回目の大航海のときハワイの先住民に殺された。第三の航海記『太平洋航海記』（一七八四年）は死後の出版。

想像のインド

（1）エピナルの安刷り絵解き——ヴォージュ県の県庁所在地エピナルは十八世紀末から大衆的な版画、絵解きなどの刷り物類の産地として知られている。

（2）土地でも時代でもない——十九世紀科学的実証主義の代表的思想家たち、とくにテーヌは、歴史、文学、芸術を構成する内的、外的条件として人種、時代、土地（環境）を三大要素と考えた。このような方法論はミシュレの『フランス史』の最初の巻（一八三三年）からはじまり、ルナンの『イエス伝』（一八六三年）を経て、テーヌの『イギリス文学史』（一八六四年）で完成されるとグルニエは考える。「土地でも時代でもない」という題は、そうした歴史、地理、遺伝中心主義の考え方にたいする否定を意味している。

(3) ゴビノー——ここで問題になっているのはゴビノー(一八一六〜一八八二)の『民族不平等論』*Essai sur l'Inégalité des Races Humaines*(一八五三〜一八五五)である。ゴビノーは、文明が栄えるのはつよい民族がよわい民族との混血を避けることによってであり、文明が頽廃するのはつよい民族がよわい民族(被征服民族)の要素に吸収されるからであると説いた。彼はとくにアリアン族を例にとり、なかでもゲルマン民族の純血を礼讃した。この説はモーリス・バレスやヒットラーによって利用された。

(4) ある有名な試論——ニーチェの『反時代的考察』第二篇「生にたいする歴史の利害」。

(5) シルヴァン・レヴィ『インドと世界』——フランスの東洋学者シルヴァン・レヴィ(一八六三〜一九三五)の講演集で一九二八年にパリのシャンピオン書店から発行された。邦訳は山田竜城訳『仏教人文主義』。

(6) ダルマ、サンサーラ、そしてカルマン——ダルマは法(つとめ)、サンサーラは輪廻(生まれ変わること)、カルマン(カルマ)は業(ごう)。

(7) シャンカラ——インド最大の哲学者と呼ばれる人(西暦約七〇〇〜七五〇)。

(8) アシヴァゴーシャ——西暦二世紀の仏教詩人、哲学者。漢訳仏典では馬鳴《めみよう》と訳されている。

(9) ラジパット・ラーイ——グルニエが《N・R・F》一九三〇年七月号から九月号まで三回にわたって発表した「インドについて」の第一回目の文章中に、国会議員の一員で大冊の書物を出したラジパット・ラーイ云々というのが見える。Lajpat Rai: *Unhappy India.* そして注としてこの本のフランス語訳をあげている。*L'Inde Malheureuse* (Rieder)。
(10) ボンゼルス——ワルデマール・ボンゼルス(一八八一〜一九五二)、ドイツの作家。小説『蜜蜂マーヤの冒険』(一九一二年)、旅行記『インド紀行』(一九一六年、この旅行記の邦訳は岩波文庫にはいっている)。前記《N・R・F》九月号の「インドについて」第三回の文章中には、『一哲学者の旅日記』第一巻「インド」(一九一四年)の著者ヘルマン・カイザーリンクには自然らしさがないのにたいして、もう一人のドイツ人ボンゼルスは、新鮮な印象をもたらしたという説明がある。
(11) 『シャクンタラー』——西暦四〜五世紀におけるインドの宮廷詩人で劇作家カーリダーサの最高傑作といわれる七幕の劇。森の庵に住んでいてドゥシュヤンタ王とちぎりをかわしたシャクンタラーが王からもらった約束の指輪をめぐる恋物語。
(12) 『ラーマーヤナ』——古代インド二大叙事詩の一つ。ラーマ王武勲詩の意。ラーマ王の妃シーターが悪魔ラーヴァナにうばわれて南のランカー島(セイロン島の別名)につれて行かれたのを奪還する物語。西暦三〜四世紀以前に成立した。二万四千詩句から成る。
(13) アンドロマケーへのヘクトールの告別——ホメーロスの『イーリアス』から出て、エウリピデスの『アンドロマケー』、ラシーヌの『アンドロマック』につながるトロイア戦争の一挿話である。『イーリアス』では、第六巻の終り、息子アスチュアナクスと妻アンドロマケーとに向かって戦場に向かうトロイア軍の総帥ヘクトールがわかれを告げる場面。
(14) 『マハーバーラタ』——前記『ラーマーヤナ』とともに古代インド最大の叙事詩。バラタ族の戦争を主題とした大史詩で西暦四世紀ごろに現在の形が確定したと見られる。十万余の詩句からなりたつ。

(15) シヴァ——インド教三大神の一人で、破壊と治癒と生殖とを兼ねつかさどる神。

(16) アブラハムの神、イサクの神、ヤコブの神——この言葉とつぎの「哲学者たちの神ではない」は、パスカルの『覚え書』*Mémorial* すなわち、一六五四年十一月二十三日夜の決定的回心の感動的体験をしるした文中にある。この『覚え書』はパスカルの死後、彼が身につけていた胴衣の裏に縫いこまれていたのが発見された。「アブラハムの神……」は「出エジプト記」第三章六、「マタイ伝」第二十二章三十二。「哲学者たち……」は正しくは「哲学者たちおよび識者たちの神ではない」である。このあとに「確実、確実、感情、歓喜、平和。イエス＝キリストの神。……歓喜、歓喜、歓喜、歓喜の涙」という言葉がある。

(17) 発顕——神の姿のあらわれ。

(18) 「この無限の空間の沈黙は私を恐怖させる」——正しくは「この無限の空間の永遠の沈黙は私を恐怖させる」(前田陽一訳編、パスカル『パンセ』第三章二〇六)。

(19) インドゥス——ギリシア語でインドのこと。なおインド語によるインドの古名はシンドゥ。

(20) ピュロン——古代ギリシア最初のすぐれた懐疑哲学者(紀元前約三六〇〜前二七〇)。

(21) ティアナのアポッロニウス——またはアポッロニオス。中央アジアのネオピタゴリスムの哲学者。モラリスト、道士。紀元九七年ごろに死んだ。

(22) バクトリアナ——またはバクトリア。現在のアフガニスタンの北部にあった古代アジアの国。古代ペルシアの支配国であったが、アレクサンドロス大王に征服された(紀元前三二九〜前三二七)。

(23) 『ミリンダ・パンハー』——バクトリアからインドに侵入したギリシア系の国王メナンドロス(パ

ーリ語でミリンダ、紀元前二世紀の終りから前一世紀にかけて約三十年間支配した）と仏教僧ナーガセーナとが対談した記録を二世紀ごろにパーリ語でしるした書物。プラトンの対話を思わせるもので、一九二三年にルイ・フィノによってフランス語に訳された。漢訳では『那先比丘経』（那先はナーガセーナ）、邦訳では、中村元、早島鏡正共訳『ミリンダ王の問い』三巻。グルニエは『ミリンダ・パンハー』を『存在の不幸』のなかで引用している。

(24)インドという語——「われわれにとって」とあるのを「フランス人にとって」とすると、インド Inde というフランス語の綴りは in-de という二音綴にわけられるが、in はフランス語の en「……のなかへ」であって、合体または一体になることをあらわし、de は「……から」であって、離脱または無関係になることをあらわす。「象徴」というのは、そのような音の意味が暗示するものをさしている。

(25)範疇——哲学用語としての catégories の訳。悟性概念。

(26)「頭上に一すくいのシャベルの土、それで永久におさらば……」——この引用の前半はパスカルの原文では、on jette enfin de la terre sur la tête となっている。すなわち「ついには人々が頭の上に土を投げかけ」（由木康・前田陽一訳による）。グルニエの原文は、une pelletée de terre par-dessus la tête である。

(27)ナーガセーナ——前記注（23）を見よ。

(28)コルネリウス——あとに説明されるように、このコルネリウスは「想像の人物」である。グルニエは『地中海の霊感』*Inspirations Méditerranéennes*（一九四一年初版、一九四七年『孤島』再版に合冊され、一九六一年新版として単独刊行）のなかに、「コルネリウスへの手紙、または変身」「コルネリウスの返事、または創造」「コルネリウスへの第二の手紙の断片」と題する三つの文章を入れている。

(29) シャルルヴィル――詩人アルチュール・ランボーは一八五四年十月二十日にアルデーヌ県シャルルヴィル市に生まれ、この町の中学校に学んだが、反動的で無気力なブルジョワ市民を憎悪して敗戦とそれにつづくパリ・コミューヌを機会にたびたび故郷を脱出逃亡した。一九六六年にこの市は隣り町のメジエールと合併してシャルルヴィル＝メジエール市となった。

(30) ウィルソン――アメリカ合衆国のウィルソン大統領は、一九一九年のヴェルサイユ講和会議で、国際連盟の組織その他の十四個条を提案し、その実行をうながした。

(31) プルーストからの引用――『失われた時を求めて』第七篇『見出された時』の後半、話者がゲルマント大公邸の図書室で、演奏がはじまっているサロンにはいるのを待ちながらつづける省察のなかに出てくる。

消え去った日々

(1) 政治的な一挿話――一九三四年二月六日、パリにおける右翼ファシストの諸団体の暴動と、それにたいする九日と十二日の左翼の反撃をさす。

(2) 「レユシット」――トランプの一人占い、「成功」の意。パシアンス（英語でペイシェンス）ともいう。「猫のムールー」の注（10）を見よ。

（3）朝の鳥の翼と夜の鳥の翼とをすれちがわせることができる——ねぐらにかえる昼の鳥とねぐらを出る夜の鳥とが翼をまじえるひとときとは、たそがれのある瞬間である。

ボッロメオ島

（1）ボッロメオ島——イタリアのスイス国境にあるマッジョーレ湖のなかの三つの島と二つの小島から成る島の総称で、世界的に知られた観光の島々。

（2）三つの島——母島 Isola Madre. 漁師島 Isola dei Pescatori.（または Isola Superiore）．美女島 Isola Bella.

（3）ドゥルシネア——セルバンテス『ドン・キホーテ』の人物。ドン・キホーテはこの田舎娘を「意中の貴女」に仕立てる。

（4）農家——原文に un mas とあるからこれは南フランス、プロヴァンス地方の伝統的な造りをもった農家とその屋敷をさす。

見れば一目で……

「見れば一目で……」*CUM APPARUERIT* ... は、はじめこの表題で《N・R・F》一九三〇年五月号に発表され、ついでこの表題で単行本初版としてレ・テラス・ド・ルールマラン *Les Terrasses de Lourmarin* 社から同年に出版された。ついで『地中海の霊感』(「想像のインド」の注(28)に挙げられているように、この書物は初版は一九四一年、つぎに『孤島』との合冊版が一九四七年、最後に単独版にもどった新版が一九六一年に刊行された)の三つの版のなかに、初版のテキストを縮小し、「プロヴァンスへの開眼」*Initiation à la Provence* という題名に変えて編入された。この一篇を本書に付録として加えるに際し、訳文はレ・テラス・ド・ルールマラン版(初版)のテキストによった点については、「訳者あとがき(一九六八年)」を参照のこと。

(1) どこかほかのところへ!——この冒頭の言葉 Ailleurs! は、「見れば一目で……」が最初に《N・R・F》誌に掲載されたプレオリジナルのテキストと初版のそれとに見出されるだけで、以後の版からは、「ほかのところに生きる!」Vivre ailleurs! に改められた。ここでは改題以前のテキストにしたがった。なお「ほかのところに生きる」は、「至福の島々」の注(1)にあげたロンサールの引用詩の最後の行、「ほかのところに、永遠の休《やす》らいに生きるために」pour vivre ailleurs en repos éternel の vivre ailleurs と言葉が一致している。

(2) 「約束に満ちた土地」——ボードレールの小散文詩集『パリの憂鬱』の一篇「すでに」*Déjà* のなかに出てくる言葉。

(3) セリヌンテの遺跡——セリヌンテはシチリア島南西海岸にある紀元前七世紀につくられた町で、すみやかに繁栄したが紀元前四〇九年に戦争で破壊された。その遺跡のフリーズは現在はパレルモの国立博物館蔵。

(4) アニス——アニスまたはアニ。繖形科の植物で独特の匂いをもつ香料をとるために栽培される。アニス入りリキュールの意味にもなる。その場合アニゼットともいう。

(5)「いまこそおしえられなくてはならない」——「他人の経験をまなばなくてはならない」の意。『聖書』の「詩篇」では「戒めを受けよ」(第一巻第二篇十)。ボシュエの『弔辞集』のなかの「イギリス女王への弔辞」に引用されている(ラテン語)。

(6) ドン群山 les Doms——ヴァール県、ツーロン近くの山。

(7) レ・ボー les Baux-de-Provence——ブーシュ＝デュ＝ローヌ県にあり、中世、ルネッサンスの重要な城市の廃墟を残している。プロヴァンスだけでなくフランス全体のなかでも名勝の一つ。

(8) ルールマラン Lourmarin——ヴォークリューズ県の小さな町、人口は一一四五人。十五〜十六世紀の美しい城がある。ミストラル、ジャン＝ルイ・ヴォードワイエ、アンリ・ボスコ、ジャン・グルニエがほめたたえた町で、アルベール・カミュは死ぬ直前ここに古い家を買って住んだ。彼の墓はこの町にある。

(9) ポール＝クロ島 l'île de Port-Cros——ヴァール県に属するイエール諸島の一つ。ツーロンとサン＝トロペの中間の沖合にある。

(10) リュベロン le Lubéron(または Lébron)——アルプ＝ド＝オート＝プロヴァンス県とヴォークリューズ県にまたがるプロヴァンスの白亜質山脈。

(11) アンリ・ボスコ——アンリ・ボスコ(一八八八〜一九七六)はフランスのアヴィニョンに生まれた小説家。アヴィニョン、ナポリ、モロッコのラバトなどで高等中学の古典語、イタリア語教授をつとめ、かたわら執筆をつづけた。代表作『テオティーム』（一九四五年）でルノード賞を獲得。以後プロヴァンスの少年を主人公とする少年物五部作で独特の風格を発揮した（天沢退二郎による全訳がある）。南仏の風物と神秘を描くことにかけては他の追随をゆるさない技法に長じている。

(12) ラ・トゥール＝デーグの城 Château de La Tour-d'Aigues——ヴォークリューズ県にあって、古代建築を模した装飾を残す十六世紀の廃墟（城やぐらは十二世紀）。教会は一部ロマネスク様式。

(13) SATIABOR CUM APPARUERIT——「その姿があらわれるのを見れば一目で心は満たされる」の意（ラテン語）。この銘に暗示されている意中の女性の映像を作者グルニエはプロヴァンスという女性語の映像に転位しようとするのである。

(14)「婚宴の用意はできているが……」——「マタイ伝」（第二十二章八、九節）。

(15) カランク calanque——岩でかこまれた地中海の入江または湾をいう。

(16) ラ・サント・ヴィクトワール山 la montagne [de la] Sainte Victoire——ブーシュ＝デュ＝ローヌ県、エックス＝アン＝プロヴァンス市に近い景勝の山。ポール・セザンヌはこの町に生まれ、この山を描いた。この山の途中に十八世紀のモラリスト、ヴォーヴナルグ Vauvenargues（エックス生まれ）がこもって『マクシム』を書いた城館がある。この城館は画家ピカソの晩年の所有となった。

(17) ヴァンタブラン Ventabren——ブーシュ＝デュ＝ローヌ県にあり、エックスから十五キロメートル、礼拝堂つきの古い城がある。

(18) ヴェルネーグ Vernègues——ブーシュ＝デュ＝ローヌ県にあり、一世紀ごろの非常に美しい様式をもったローマの殿堂の廃墟がある。このあたりはエックス市やサント・ヴィクトワール山の遠望がすばらしい。

（付記）この初版による「見れば一目で……」の訳文中、第十二節の「そこからはまた一種の造形が生まれる」から「肉体が知性のなかに浸っている」までと、第十三節から第十五節までとは、『地中海の霊感』一九四七年版（『孤島』との合本）では「ギリシア」の項目のなかの「影と光」のなかに再録されているが、『地中海の霊感』一九六一年新版では、各項目が再編成されて「ギリシア」の項目のなかから「影と光」は削除された。

訳者あとがき（竹内書店版一九六八年二月刊からの再録）

長いあいだ私は新しい翻訳に着手する機会を失っていた。クロード・モーリヤックの『プルースト』を出してから十年が経過している。といってもこれはプルーストの入門書だから純粋の文学作品とはいえない。私にとって、フランス現代文学のなかで、プルースト以外にぜひその文学作品を翻訳してみたい、この年齢になってあえてその人、その作品に打ちこんだ移植の仕事をしてみたいと考えられる作家は、極めてまれであった。それに一きわ目に立つ問題の作家は、ほとんど新進気鋭の研究者たちの活動領野で翻訳紹介され、つぎつぎに原作者と訳者とをつなぐ精神の紐帯をひろげて行く。私の年齢になって——ともう一度くりかえす——新しい翻訳に着手するにふさわしい対象とはいったいなんであろう？　ベルグソン、ジッド、プルースト、ヴァレリー、バシュラール、マルロー、ブルトン、サルトル、ジュネ、カミュを通ってきて、もう一度ふりかえるとき、そこに何が残されているのか？　研究者たちの知的な洞察と出版者たちの緻密な計画との総合の面からもれてしまうような作家を発見する、——発見するだけではなくそれに何かをつけ加えるのは、現在の状況にあっては大きな困難と犠牲をともなうものである。

そんな状況の十年のあいだに、私のなかに次第に芽生え、ささやかに熟したものがあった。何よりも現在の私がそれにはげまされて生きることができたし、東洋人としての違和を感じることなしに思想的にも感覚的にもそれに合体することができた作品、また私以外の若い人にも年をとった者にも——冒険に生きる人にも郷愁に生きる者にも——精神の糧となるにちがいない作品、それゆえにひまをかけて心の行きとどいた日本語訳をこころみたいとねがった作品が一つあった。それが本書、ジャン・グルニエの『孤島』Jean Grenier: *Les Iles*（初版一九三三年）である。

もっともこの作品は、いまはじめてわが国に紹介されるわけではない。すでに四年前に私は教科書版として、『孤島』のなかの三篇を一九五九年改版（第三版）の『孤島』につけられたアルベール・カミュの序文とともに出版している（一九六四年文林書院）。その原文のあとにつけた注と跋のなかで、私は簡単に原作者のことに触れ、その作品の解説をこころみた。また新潮社の『世界文学小辞典』（一九六六年）の一項目として私の名において説明がなされている。グルニエの文章の最初の日本訳としては、極めて短いものだが、思いがけない場所に、ただ一つだけ発表されている。それは日動画廊から発行されている月刊雑誌《絵》第三十八号（一九六七年四月号）の「パリの禅画家——木村忠太個展によせて」というのである。以上がわが国におけるジャン・グルニエのすべてである。*

しかしグルニエはフランスにあっても決して目立った存在ではない。現代文学史をかざることもなければ、本国で文学辞典の一項目となったこともない。じつは十年前に私がフランスに滞在していたとき、あたかもカミュがノーベル文学賞を受け、カミュの出版社であるガリマールの家での祝賀会で、受賞者の上席に立ったグルニエのことを私が知らなかったとしたら、そしてその当時パリの有名な書店のノーベル賞記念のショーウインドーを、カミュの著作とならんでほぼ同数のグルニエのそれが独占していることに注目しなかったとしたら、私とグルニエとの出あいはなかったかもしれない。アルジェでカミュをおしえたばかりでなく、その才能を発見し、温く見守り、世にひき出した文学の師として、その弟子にいかにつつましくあがめられていたかは、遠い日本にいては感得することができなかった。カミュの作品の背後にある地中海文明の異教思想に体系と文体とをあたえたグルニエの存在を、一九五七年という特権的な一時期に、身近な実感としてとらえることができたのは、生涯に最初の一年にわたる私の滞仏期間の、とりわけめぐまれた収穫の一つだ

＊　そののちわかったのだが、《文学界》一九三六年九月号に当時二十四歳の吉田健一氏がグルニエの雑誌論文「正統派の時代」*L'Age des orthodoxies*（《N・R・F》一九三六年四月号）を訳しており、また渡辺一夫氏は「所謂ユマニスムについて」（一九四九年）でグルニエにふれている。

と考えている。

『孤島』の作者の経歴を書いたものはない。この本の一作品のなかでいわれているように、グルニエは秘密のなかに生きて自由であることを信条としているから、われわれは作品そのもののなかにその人間と思想とをうかがうほかはないのだが、幼少年期の回想を告白ふうに書いてアルベール・カミュに献じている長篇作品『砂礫の渚』*Les Grèves*（一九五七年）の巻頭では、「この本の人物はみんな架空である。現実の人間と似ていても、名前がまぎらわしくても、それはまったく意図しなかったことであり、偶然である」とはっきりことわっている。また、たとえば『孤島』の一作品のなかにつけたある原注では、つぎのようにいう、――私はやむなく「私」という人称にする。私は元来、小説家が使う「彼」のよそよそしさも、「私」の正直さも、それほど信用しないのだ、と。またこの本の他のところでも、こうつけ加えている、――いうまでもなく「コルネリウス」も「私」も想像の人物である、と。

そういう作者になぜ私は経歴を求めるというおろかな真似をしたのか？　東洋的な厭離に住む作者にとって、それは非礼であったにちがいない。したがって、たとえ日本の『世界文学小辞典』のための資料であったとはいえ、作者自身によるつぎの略歴は、私のおしつけがましさをがまんして、外国人への国際的寛容から、心ならずも書き送ってくれたものである（辞典ではこれのさらに何分の一かに縮小された）。

J.G. né à PARIS, 1898. Père fonctionnaire au Ministère des Finances. Passe ses vacances en Bretagne: le grand-père y a une maison. Mère et famille maternelle de Saint-Brieuc, Côtes du Nord. Fils unique. Enfance solitaire. Education catholique à Saint-Brieuc (détails dans *Les Grèves*). Thèse sur le philosophe romantique, catholique et breton, Jules Lequier, qui a des analogies avec Kierkegaard dont il est le contemporain. Lectures de Châteaubriand et de Renan. Dès l'adolescence, goût très vif pour la Méditerranée, pour échapper à la tristesse du climat et à la conception austère de la religion. Voyages et séjours à Naples, Alger, en Egypte.

Philosophies de l'Inde connues d'abord à travers Schopenhauer, à 17 ans. Etude commencée du sanscrit. Symboles tirés des *upanichads*, dans *les Iles*. Plus tard, vif intérêt pour le taoïsme et doctrines voisines de l'Orient.

Croyances personnelles assez peu communiquées——ou inégalement——à travers les livres publiés.

この作者自筆の（そのために原文を挙げることにした）貴重な記録を多少補足して説明

するど、ジャン・グルニエは、一八九八年にパリで生まれた。父は大蔵省の役人。小さいときから休暇をブルターニュの祖父の家ですごす。母と母方の家族の根拠地はブルターニュのコート=ダルモール県、サン=ブリユーの町である。ジャンは一人息子。孤独な幼少年期。サン=ブリユーでカトリックの教育を受ける(くわしいことは『砂礫の渚』で語られている)。学位論文でとりあげたのは、ブルターニュ人でカトリックのロマン主義哲学者ジュール・ルキエ(『ジュール・ルキエの哲学』一九三六年)、これはキェルケゴールと同時代の人で類似点が非常に多い(ルキエは一八六二年に四十八歳で著作を完成せずに海に身を投げて死んだ、フランスのキェルケゴールといわれる哲学者)。文学者ではブルターニュ出身のシャトーブリアン、ルナンを読む。少年のころから、地中海へのはげしい愛、——ブルターニュの陰鬱な気候風土、宗教のいかめしい概念からのがれたがっていた。ナポリ、アルジェ、エジプトに旅し、それらの地に滞在する。インドの哲学を十七歳のときにまずショーペンハウエルを通して知る。サンスクリットの勉強をはじめる。『孤島』のなかに『ウパニシャッド』(聖典)から引用された表現がある。そののち東洋の老荘の思想とそれに近い諸説につよい関心をもつ。個人的な所信は、公刊された書物を通してはほとんどつたえられていない、——というよりも一貫性に乏しい。

簡にして要をえた自己紹介。たくみに世俗から身をかわし、外的な身分は何一つ語られていない。私的な関係は一切除外されている。六十四歳をすぎてから現在にいたるまで、パリ大学（ソルボンヌ）の美学の教授であることも、ジャン・ポーランとともに文芸雑誌《N・R・F》執筆陣の長老であることも、とりわけ一九三〇年アルジェ高等学校および大学予科の哲学教授就任以来三十年にわたってアルベール・カミュの師であったことも、一九二八年に愛する南フランスのルールマランで結婚し、現在もエックス＝アン＝プロヴァンスに近いシミアーヌ＝ラ＝ロトンド Simiane-la-Rotonde の田舎屋敷で一年の大半をすごしていることも。

ただ一つ、彼が私的な関係を公表しているのはカミュとの出あいについてであろう。これはおしえ子がノーベル賞をもらったときのよろこびから出た例外的な事件ではないかと思う。本訳書カミュ「序文」の注（4）で私が指摘しておいたように、それは週刊誌《フィガロ・リテレール》の一九五七年十月二十六日号に掲載された「一つの然り、一つの否、一つの直線」と題する文章である。

一九三〇年十月、グルニエが哲学教授に就任したばかりのアルジェ高等学校最上級の授業に、肩幅がひろく目の鋭い、きりりとした顔つきの少年がはいってきた。一見して新任教師はその生徒のなかに尋常ではないあるエネルギーを透視する。その生徒は以前のクラスからひきつづき国語がすばらしく優秀であった。しばらく経つと、アルベールが授業に姿を見せなくなった。グルニエはなんとなくその長期欠席が気になる。カミュと親しくしていた友達をつかまえてきく。病気だとわかった。ある日グルニエはその友達に案内させ、タクシーで貧民街のカミュの陋屋に向かう。カミュはそこに母と二人で住んでいた。父親は一九一四年に戦死して、サン＝ブリユーに葬られていた（グルニエがそのことを知るのはもっとあとでだが、グルニエ自身が幼少年期を送り、暗鬱に耐えかねてついに肉親をそこに残してすて去ったブルターニュのサン＝ブリユーが、ふいにグルニエのなかに深い悔恨をともなってよみがえる。そしてその贖罪の意識が死者の息子――グルニエにとってあこがれであり生のよろこびであるこの太陽の国に生をうけた若者――に投影されるのだ）。教師を迎えた貧しい生徒の、ひかえ目で、ストイックな、混乱しない態度、その年齢にしては冷静と威厳をすでに身につけた立派な態度に、かえって教師は自分の感情が正される思いをした。この若者にたいする「信頼の友情」がはじまったのはこのときである、とグルニエは回想している。

大学予科の学生たちの優秀な論文はグルニエの世話で、アルジェから発行のある雑誌に掲載されることになっていた。一九三二年にそこに発表されたベルグソン論で、カミュは現代の天才が苦悩のなかでさまよいながら期待している福音の伝道者となるような哲学者の到来を真剣にねがった。そして「このことは実際に過当な要求であろうか？」と結んでいる。そのように書いている若者は、彼の世代が目まいを感じているこの空白を満たす努力をしなければならないのはほかならぬ彼自身だと信じていたことが痛々しいまでに感じられた、とグルニエは語っている。

一方カミュから見たグルニエの存在がどのようであったかは、本書の「序文」が感動的に、見事に語っている。カミュはすでに『裏と表』、「砂漠」(『結婚』のなかの一篇)、『反抗的人間』をいずれも師にささげていた。本書の「序文」はカミュが不慮の死をとげる数か月前に書いた、いわばその師への予期しない別離の言葉になった。

その初版を書店で買って大切に抱いて帰ってから、その改版に「序文」を贈って師との邂逅を語るまで、カミュにとっては、『孤島』は二十六年にわたって彼の「灯台」であった。カミュがノーベル賞をえて買ったプロヴァンスの田舎家と屋敷は、グルニエがほとんどその処女作ともいうべき「見れば一目で……」*Cum apparuerit*《N・R・F》一九三〇年五月号)において礼讃したルールマランにある。そしていまカミュはこのルールマランの墓地の、香り高いロマランのしげみのかげに眠っている。グルニエの、地中海讃歌の諸作品の導入部ともいうべきこの「見れば一目で……」を若い日のカミュはこの上なく愛した。


「心に感じられる形象の布置、それこそ地中海精神をつくりあげているものである。空間とは? ある肩の曲線、ある顔の楕円形である。時間とは? 一人の青年が浜辺の端から端をめぐることである。」

哲学の大学学位論文であったカミュの「キリスト教形而上学とネオプラトニスム」に関する覚え書には、右の一句が引用されていたことをグルニエは思い出すのである。

この「見れば一目で……」のテキストは、前記雑誌《N・R・F》に発表のプレオリジナルと、単行本初版（ルールマランのレ・テラス・ド・ルールマラン社発行、一九三〇年）以後は、『地中海の霊感』*Les Inspirations Méditerranéennes*（一九四一年）のなかにおさめられて「プロヴァンスへの開眼」*Initiation à la Provence* と改題された。テキストにも修正が加えられ、全体に「つまらなく」なってしまった、と作者自身が私への手紙で残念がっている。それでこんど私が自分の好みから『孤島』の全訳にこの一篇をつけ加えるにあたって、作者はぜひ一九三〇年の単行本初版によることを希望し、初版だけに残されていて以後の原文からはけずられた部分をタイプに打って送ってきた。訳文第五節、および第七節から第十五節までは、したがって初版の原文にしたがって追加されたテキストに相当する。『孤島』にこの一篇を加えることによってプロヴァンスへの著者の若々しい情熱がわれわれによみがえり、作品の全体にパースペクティヴとふくらみが増すことになればさいわいである。

『孤島』はオムニバス作品である。映画にそういう名称があるのを思い出して、そう呼びたい。全体が「島」というテーマで統一されていて、各作品は話者の「秘密の生活」のエピソードでつながれている。「私」というのも架空の人物であると作者がことわっているが、この書物は極度に孤独な精神、卑俗なまでに謙譲なある魂が回帰する「至福の島々」である。想像のなかにあるデカルトのアムステルダム、ネルヴァルのチェリゴ島、ボードレールのエル・ドラドー、マラルメ『牧神の午後』のシチリア、ヴィスコンティ監督作品『ベニスに死す』のアッシェンバッハのヴェネチア、ハイエルダールの「アクアク」である。『孤島』は一見何気なくとりあつめられた随想集のように見えながら、じつは現代の工夫しつくされた実験文学をするりとぬけて飄々と独自の形式をもてあそんでいるある高度な文学作品と解される。そういうふしぎなエクリチュールがこの作品の永久に新鮮な魅力ではあるまいか。

ところで「島」とはいったいなんであるか？

「島」はまず屋根うらの書斎であり、その孤独にこもる人間である。

「私は、そのようにして私のベッドにねながら、または部屋のなかを歩きまわりながら——非常に高いところにあるその位置が、部屋を家のなかで完全に孤立させている屋根うら部屋、船の独房のようなつくりの部屋だった——自分がさびしい孤島にいるように思った」（「猫のムールー」）。

「島」は一人の「孤独の」人間である。あの無知な肉屋のようにたった一人で死んで行かねばならない存在である。

「いろんな島のことを考えるときに人が感じるあの息づまるような印象は、いったいどこからくるのか？ それでいて、島のなかより以上に、大洋の空気、あらゆる水平線に自由にひらけた海を、人はどこにもつのか？ それ以上にどこで人は肉体の高揚に生きることができるのか？ だが、人は島 île のなかで、《孤立 isolé する》(それが島の語源 isola ではないか？)。一つの島は、いわば一人の孤立した人間。島々は、いわば孤立した人々である」(「イースター島」原注)。

そういう孤立の存在にとってどこに自由があるのか？ 「存在の不幸。」人間は無よりほかに脱出口をもたないのか？

「研究の行きつく先が《存在》であるか、《無》であるかは重要な問題ではない。はじめに、研究はない。なぜなら、対象はつぎつぎに新しく見出されるから。そして、一つの事実が多くの事実をあつめた一つの報告に置きかえられるように、現実は真実に置きかえられるから。〔…〕しかしとにかく、幸福感は存在のしるしなのだから、幸福感がわきおこるとき、たしかにそうだ、存在は実在する。千分の一秒のあいだ放心するだけで十分なのだ。鎖は断ち切られる」(「想像のインド」)。

グルニエの『孤島』は、このような千分の一秒の幸福が長い人生にとってどんな意義をもつかをおしえてくれる書物なのだ。

本書ははじめてアルベール・カミュの序文がついた『孤島』の改版(一九五九年版)の全訳である。この版の収録作品の原名、最初の掲載誌(または最初の収録書)、そのときの題名はつぎの通りである。

空白の魔力　*L'Attrait du Vide*, 《Cahier Pléiade》, No. 1, avril 1946. ――*Souvenirs déterminants: l'attrait du vide.*

猫のムールー　*Le Chat Mouloud*, 《N. R. F.》, juin 1929. ――*Portrait de Mouloud.*(雑誌では最初の一部分だけを発表)。

ケルゲレン諸島　*Les Iles Kerguelen*, 《N. R. F.》, mai 1931.

至福の島々　*Les Iles Fortunées*, à Louis Guilloux, 《N. R. F.》, avril 1932.

イースター島　*L'Ile de Pâques*,《Europe》, t. 29, 1932.

想像のインド　*L'Inde Imaginaire*,《N. R. F.》, juillet, août, septembre 1930.——*Sur l'Inde*.（『孤島』におさめられた原文は雑誌の原文の推敲された要約である）。

消え去った日々　*Jours Disparus*,（1951）, *A Propos de l'Humain*, 1955.（『孤島』一九五九年版におさめられたこの原文は、『人間的なものについて』一九五五年版の原文よりも縮小されている）。

ボッロメオ島　*Les Iles Borromées*,（1946）, *A Propos de l'Humain*, 1955.

インド関係の事項に関しては、東京大学インド哲学研究室の諸先生の、ニーチェに関しては同僚生野幸吉氏のご教示を受けたことをあつく御礼申しあげる。

訳者後記

（竹内書店版ジャン・グルニエ『アルベール・カミュ回想』井上究一郎訳、一九七二年四月刊からの抄録）

もはや砂漠はない。もはや孤島はない。
にもかかわらずその必要が感じられる。
（アルベール・カミュ『夏』）

ジャン・グルニエ『孤島』の拙訳が出てから四年になろうとしている。おなじ作者の第二の邦訳『地中海の瞑想』が一九七一年の五月に出たとき、訳者の成瀬駒男氏はそのあとがきで、作者がすでにこの年の三月五日に他界したことを報じた。

この年四月十五日から二十四日まで東京日動画廊で開かれた木村忠太展カタログの長い序文は、ジャン・グルニエが前年（一九七〇年）の終りに執筆し、全文はフランスの美術雑誌《ラ・ギャルリー》の一九七一年二月号に掲載されたが、それに先立って、日本版カタログ序文のためのタイプ原稿が訳者である私のもとへパリの木村氏から送られてきた。原稿にはグルニエ自身の手になる訂正やわずかな書き足しがあった。このカタログが美しく刷りあがったころ、グルニエはもうこの世にはいなかった。

『アルベール・カミュ回想』も、とくに邦訳を私にという原作者の希望で、早くから訳本ができあがるのを待っていたらしい。そして一九七〇年五月パリ郊外ブール＝ラ＝レーヌに私と妻が作者を訪問した際、私は帰国後すぐに着手しますと答えたのであったが、この仕事のほうも世に出るときは作者の目に触れることができない。私と妻を自宅の白い扉のなかへ招じてくれたグルニエは、『孤島』の「訳者あとがき」で私が語ったような、文学史、文学辞典、文学賞から絶縁の作家ではもはやなくて、そのすべてに見事にゴールインしていて――こういう言い方は正しくないことを私は知っているが――ラジオでの対談録をさえ一冊出版していた。彼はそのことで面はゆいようすに見えた。ソルボンヌ定年退官でやっとまとまった美学美術論の講義もローザンヌの書肆から上梓されようとしていた。古びた家具（塗りの色があわくひからびたブルターニュの古い木彫の掛け時計、どこかの砂漠の砂がはいっている細長い筒の泡ガラス器）、古びた庭（ひなぎく《パクレット》ときんぽうげが咲いている芝生と果樹）。長男アラン氏はオリエントに住んでいるということで、適齢を過ぎて一人でひきこもって白を基調の非具象画を描きつづけているマドレーヌ嬢と、夫妻との、ひっそりとした三人暮らしであった。

姿を見せないがしきりにその存在を主張している犬のことを話題にしながら、私たちは昼食をとった。

そのグルニエが病気で入院中とのことを知ったのは、昨年（一九七二年）の一月なかば、木村画伯からのたより（グルニエの序文《KIMURA》の原稿が送られてきた手紙）によってであった。それによると、グルニエは、この序文を書き終るとすぐ倒れて入院し、一時は危篤状態であったが、このところどうにか死線を越えたらしい。零下三度以下のときに、そとへ出ることを医者に禁じられていたにもかかわらず、零下七度の日に何度も犬の病気のために外出し、原因はどう見てもその心労からであった。心臓の痛みが激烈で「一晩転げまわって苦しみそれから入院した」のだという。「今でも体中にゴム線をいっぱい引き回してじっと寝ていて面会禁止です。カミュの奥さんからも電話がかかり、面会は禁止ですが手紙はよろこぶからと返事したそうです。」返事をしたというのはグルニエ家の人だろう。木村画伯もやはりそういわれて手紙を書こうとするのだが、「どうもグルニエさん相手では何を書いてよいかわからず」下手に書いて「あんまり笑わせると心臓に悪いだろうと思って」しばらく見合わせたとのことである。

ついで木村氏の三月八日消印のたよりで私は『孤島』の作者の死を知った。

「グルニエさんがなくなりました。五日金曜日の夕方になくなりました。この手紙を郵便局へ入れに行こうとしているところで知りましたのでとりあえず書きたします。」

木村画伯への序文は（他の未発表の文章はべつとして）たまたまグルニエの絶筆になったのだが、日動画廊で公開された同氏の作品は、進んでこの画家に親近をよせた故人の鑑識に十分に応えるものであった。木村氏自身も、栄光の訪れをよそに南フランスとパリとのあいだを孤独に往復するだけで、誰にも会わず日本にも帰ろうとはしない。序文の最後の文章は、グルニエの念願したある創造へのよろこびをうたっている。

「木村の関心は格闘にあるのではなくて、相対立する力が融和するような新しい均衡の獲得にある。彼はある幸福を求めているのだ。パリにおける彼のデビュー期である《ナイーヴ》時代にあっては、全体の調子は灰色で、よくととのっていて、色の配列にも有機的な調和とのびやかさがある。ついでその配列は拡大し、はじめの構造を消滅させる。秩序が破れ、一つの大きな戦闘が各要素、各色彩のあいだに開始される。この画家が大自然の潜在力をその意識に把握したからだ。彼はつねにある観想の生活にあこがれる。しかしそのために真実を犠牲にすることを欲しない。彼は絵の《モチーフ》のなかに感じられるのとおなじように私生活においても感じられる簡素をつねに一つの理想としている。彼の野心のすべてはつぎのことだ、そしてかつて彼が希望することのできたものをはるかに越えていまはそれに成功しているのであるが、すなわち、事物の喧噪を通して事物の絢爛をうたうことだ。」

「木村」のことをすこし長く語ったのは、右の序文が作者の死と切りはなしえないものであった上に、『アルベール・カミュ回想』の語り口と非常によく似た文章であり、両方の訳者にとっては、作者最晩年の朝と夕べに去来したと思われる祈念——彼の遺言書ともいうべき本は娘さんの挿絵入りで一九七〇年三月に出た『四つの祈り』*Quatre Prières* である――がそこにつよく感じられたからであった。

さきほども触れたように、ジャン・グルニエは最晩年になって――すなわち一九六八年の文学国民大賞Grand Prix National des Lettresをえることによって――ようやく国民の前にその偉大な業績が顕揚されることになった。それを機会に、翌年の年頭には、出版社のガリマールで、写真入りの記念作品目録が作成され、そこにはじめて略伝が印刷され、そのあとに、『孤島』（一九三三年）から『アルベール・カミュ回想』（一九六八年）までの同社発行著作のリストがつけ加えられることになった。一方、一九六八年新発売のラフォン・ボンピアニ刊行『世界現代作品辞典』Laffont-Bompiani: *Dictionnaire des Œuvres contemporaines de tous les pays*では、受賞前のグルニエのおもな作品が七点まで解説されている。『アルベール・カミュ回想』はそうした帰着点に位置する重要な作品であり、回想される人も回想する人もここに一つの和弦を奏でて、数々の貴重な証言をのこすことになった。

ジャン・グルニエのとむらいのことは、彼に美学の指導を受けたパリの竹本忠雄氏から私にもたらされた。

それによると喪は故人の遺志によって家族内だけにかぎられ、内輪で埋葬がおこなわれたそうである。そして「三月十八日、サン・セヴラン教会でドメニコ派のルロン師の朗読を中心におこなわれたミサは、恩師の人柄にまことにふさわしい、つつましくも感動的なものでした」とつたえられている。つづいて私のもとへは三月二十八日に「フランス文化放送」からなされたラジオ放送によるミサの全文が遺族からとどけられた。そこには、《Adieu, Jean Grenier》というルロン師の本文と二ページにわたる注と《le Mémorial de Jean Grenier》というグルニエの文章の朗読用抜萃が印刷され、最後はつぎのような言葉で結ばれている。

「ジャン・グルニエ、われわれの友、われわれの兄弟よ、あなたは、あなたの永遠によって、ついにあなた自身の本来の姿に変わられた。何とぞわれわれのおのおのをして、われわれの原因であり、われわれの父である神のなかに、みずからを見出さしめたまえ。アーメン。」

俗人である私には、このなかに、マラルメがささげた「エドガー・ポーの墓」第一句の讃辞（あなたは、あなたの永遠によって、ついにあなた自身の本来の姿に変わられた）がきこえるばかりである。

彼の出版社ガリマールは、一九七一年の《N・R・F》誌七月号を彼の追悼号にあてた。

ジャン・グルニエは『孤島』の巻末で私が試みた間《ま》に合わせの書誌をもっと正確にして

日本の読者に提示しなくてはならないと考えたのであろう、フランスではまだ出ていない彼の書誌を生前に自分で作成して送ってきていた。その遺志を尊重してここにそれを掲げる。彼が自分で「まとまったもの」と考えている作品には下線をひいている。もっともここには雑誌発表論文は含まれていない。終りに私の補ったものを数点加えた。この補足のうち『芸術とその諸問題』というグルニエのソルボンヌにおける美学講義の書物については、東大美学科研究室から出ている《美学》一九七一年秋の第八十六号に、佐々木健一氏によるくわしい書評が出ていることをつけ加えよう。

BIBLIOGRAPHIE DE JEAN GRENIER par Jean Grenier lui-même

Interiora rerum (in *Ecrits,* 《Les Cahiers Verts》) Grasset, 1927.

Cum apparuerit (《Terrasses de Lourmarin》), plaquette, Audin, Lyon, 1930.

Les Iles Gallimard, 1933, 1947, 1959, 1960.

1ère édition, collection 《Les Essais》, 1933.

Le même ouvrage, 2e édition (suivi d'*Inspirations méditerranéennes*), édition à tirage restreint, 1947.

Le même ouvrage, nouvelle édition (3e édition), préface d'Albert Camus, collection 《Blanche》, 1959.

Le même ouvrage, édition reliée par Prassinos, 1960.

La Philosophie de Jules Lequier (《Bibliothèque de la Faculté des Lettres d'Alger》) P.U.F., 1936.

La liberté (textes inédits de Jules Lequier) Vrin, 1936.

Essai sur l'esprit d'orthodoxie Gallimard, 1938, 1964, 1967.

1ère édition, collection 《Les Essais》, 1938.

2e édition, 1964.

3e édition, collection 《Idées》, 1967.

Santa Cruz (ill. René-Jean Clot, 《Méditerranéennes》, 4.), plaquette.	Charlot, Alger, 1937.
Sagesse de Lourmarin (《Terrasses de Lourmarin》), plaquette.	Audin, Lyon, 1939.
Inspirations méditerranéennes.	Gallimard, 1941, 1947, 1961.
1ère édition, collection 《Les Essais》, 1941.	
In *Les Iles,* 1947.	
Nouvelle édition, collection 《Blanche》, 1961.	
Le choix (《Nouvelle Encyclopédie philosophique》)	P.U.F., 1941.
L'existence (collection 《La Métaphysique》)	Gallimard, 1946.
Braque (《peintures 1909–1947》)	Ed. du Chêne, 1948.
Sextus Empiricus (introduction et traduction)	Aubier, 1948.
Entretiens sur le bon usage de la liberté (collection 《Blanche》)	Gallimard, 1948.
Lexique, plaquette.	La Part du Sable, Le Caire, 1949.
L'Esprit de la peinture contemporaine (collection 《Blanche》)	Vineta, Lausanne, 1951.
Lettres à un ami (Lettres de Max Jacob à Jean Grenier)	Vineta, Lausanne, 1951.
Œuvres complètes de Jules Lequier (《Etre et Penser》)	La Baconnière, Neuchâtel, 1952.
Braque (《Derrière le miroir》)	Maëght, 1952.
Dumas: Le San Felice (préface)	Club français du Livre, 1954.
Les Grèves (《Le Chemin des Sources》), plaquette.	La Part du Sable, Le Caire, 1955.

Lexique (collection 《Métamorphoses》) Gallimard, 1955.
A propos de l'humain (collection 《Les Essais》) Gallimard, 1955.
Dostoïevski: Mémoires écrits dans un souterrain (préface) Club du meilleur livre, 1955.
Tolstoï: Guerre et paix (préface) Club du meilleur livre, 1956.
Les Grèves (collection 《Blanche》) Gallimard, 1957.
Sur la mort d'un chien (collection 《Blanche》) Gallimard, 1957.
L'existence malheureuse (collecion 《Les Essais》) Gallimard, 1957.
L'esprit du Tao (《Homo Sapiens》) Flammarion, 1957.
Rousseau: Les rêveries du promeneur solitaire (préface) Club du meilleur livre, 1958, 1965.
Edition du livre de poche, 1965.
Nietzsche: Ainsi parlait Zarathoustra (préface) Club du meilleur livre, 1958.
Essai sur la peinture contemporaine (collection 《Blanche》) Gallimard, 1959.
Lanskoy Hazan, 1960.
Absolu et choix (《Initation philosophique》) P.U.F., 1961.
Fiedler (《Derrière le miroir》) Maëght, 1961.
Borès Verve, 1961.
Lettres d'Egypte, 1950, suivies d' Un Eté au Liban (collection 《Blanche》) Gallimard, 1962.
Albert Camus: Œuvres complètes, Bibliothèque de La Pléiade (préface) Gallimard, 1962.

Albert Camus: Œuvres complètes illustrées (préface) Sauret, 1962.
Marfaing (préface) Bernard Haim, 1962.
Salon des Réalistes nouvelles (préface) 1963.
Entretiens avec 17 peintres non-figuratifs Calmann-Lévy, 1963.
Borès (préface) Villand-Galanis, 1964.
Peinture romaine et paléochrétienne, 《Histoire générale de la peinture》, 4 (préface) Rencontre, Lausanne, 1965.
Prières (ill. Vieira de Silva) Gaston Puel, 1965.
Célébration du miroir Robert Morel, Le Jas du Revest-Saint-Martin, par Forcalquier, Haute Provence, 1965.
Elstir ou Proust et la peinture (in *Proust,* collection 《Génies et Réalités》) Hachette, 1965.
Ricasso et le surréalisme (in *Picasso,* collection 《Génies et Réalités》) Hachette, 1967.
Kimura (préface) Kriegel, 1967.
Henri Michaux (préface) Le Point cardinal, 1967.
La vie quotidienne (collection 《Blanche》) Gallimard, 1968.
Albert Camus, 《souvenirs》 (collection 《Blanche》) Gallimard, 1968.
Labiche: Œuvres complètes, tome Ⅷ (préface) Club de l'honnête homme, 1968.
Jules Lequier: La dernière page, ill. Ubac (préface) Gaston Puel, 1968.

Senancour: Œuvres (préface et choix) Mercure, 1968.
Nouveau lexique (ill. Hajdu) Fata Morgana (Bruno Roy), 1969
Entretiens avec Louis Foucher (collection《Blanche》) Gallimard, 1969.
Jean Paulhan critique d'art (in *Œuvres complètes* de Jean Paulhan, V) Au Cercle du livre précieux, 1970.
Quatre prières (《Le Bouquet》) Gaston Puel, 1970.

SUPPLEMENT par K. Inoue

Braque dans son atelier (《Derrière le miroir》) Maëght, 1967.
Miguel Molinos: Le guide spirituel,《Documents Spirituels》, 2 (introduction) Fayard, 1970.
L'art et ses problèmes Rencontre, Lausanne, 1970.
Kimura (préface) Galerie Nichidô, Tokyo, 1971.
Mémoires intimes de X Robert Morel, 1971.

改訳新版（筑摩書房版一九九一年刊）についての訳者のノート

一九七一年十二月刊の第七刷以来絶版のままになっていた竹内書店版の本書を、今回筑摩書房編集部淡谷淳一氏の懇望と尽力とによって同書房から改訳新版を出すことができるようになった。多くの読者が特別に愛着をもちつづけてきた本書が装を新たにしてこんどはもっと若い世代のあいだに迎えられることになれば訳者にとってこれほどうれしいことはない。『孤島』以来、『地中海の瞑想』（成瀬駒男氏訳一九七一年）、『アルベール・カミュ回想』（井上究一郎訳一九七二年）、『正統性の精神』（西永良成氏訳一九七四年双身社刊、改訳一九八八年国文社刊）とすこしずつ翻訳紹介されて行ったジャン・グルニエの作品は、いまでは訳者大久保敏彦氏の単独専心の努力によって着実に読者層をひろげつつある。すなわちいずれも国文社発行で、『存在の不幸』（一九八三年刊）、『自由の善用について』（一九八五年刊）、『人間的なものについて』付「ルイ・フーシェとの対話」（一九八六年刊）、『カミュ＝グルニエ往復書簡』（一九八七年刊）、『Xの回想』（一九九〇年刊）が、それぞれ巻末に、書誌や略年表、懇切な「訳者あとがき」がつけられて、われわれの前にある。大久保氏のこのような一連の良心的な翻訳によって、ジャン・グルニエの人となり、とくにその中心思想は、十全につたえられたと考えていいだろう。

フランス本国にあっては、もちろん、グルニエにたいする追懐のあかしは年を追って跡を断たない。ことしになってからでも、私のもとにつぎの二つの刊行物がとどいている。

Jean Grenier, *Cahier dirigé par Jacques André.* Editions Folle Avoine, janvier 1990.

Jean Grenier, *Regard sur la peinture, 1944-1971.* Catalogue de l'Exposition réalisée par le Musée de Morlaix, du 6 juillet au 15 octobre 1990.

一九九〇年九月十四日

井上究一郎

解　説　詩的霊感に満ちた導きの書

松浦寿輝

哲学的エッセイというジャンルがもしあるとすれば、それを代表する極めつきの一冊と言うべき傑作がこれだ。『孤島』はジャン・グルニエの最初期に属する著作だが（原著刊行時の一九三三年に彼はまだ三十五歳）、この小さな本のなかに彼の感性と思考の原型は、すでに比類のない強度において結晶している。

グルニエは、ドイツ流の観念論哲学のように、新たな概念を創出し、あるいは既存のそれを改鋳し、その綜合によって堅固な思考の体系を構築してゆくといった方法論を採る思想家ではない。彼が思考の出発点に据えるのはつねに自身の生の体験である。「六歳か七歳だったたと思う。菩提樹のかげにねそべり、ほとんど雲一つない空をながめていた私は、その空がゆれて、それが空白のなかにのみこまれるのを目にした。それは、虚無についての、私の最初の印象だった」（「空白の魔力」）。では、この「空白」「虚無」「空隙」からどのような思考を紡ぎ出せるか。

もしグルニエが学問の一分野としての哲学にとどまろうとする知性であったなら、彼はほとんど身体的とも言うべきその直観を、然るべき方法によって概念の体系に組みこみ、それを錬磨して客観性と首尾一貫性をまとわせようと努めただろう。しかし、彼はそうした途を選ばない。今しがた引用した箇所に先立つ部分でそのことがはっきりと語られている。「私のやるべきことは、[…]私の直観を体系に――直観を不毛にしないだけの柔軟な一つの体系に――変えることであったろう。ところが反対に、私はそうした花々を、一つまた一つと色あせさせたのだ。私はそうした花の一つから他の一つへと、わたり歩いた、――そうするよりほかにほとんど目的をもたない旅をかさねて」。

『孤島』一巻は、花から花への――ないし本書の原題「島々」に即して言うならむしろ、島から島への――この「わたり歩き」の、徒労感のみつのる彷徨ともつかぬこの「旅」の、息づまるようなサスペンスに満ちた旅日誌にほかならない。それは入念に準備され、行程も移動手段もあらかじめ熟慮され、予定のコースを粛々とこなすような旅ではむろんない。目的地や移動手段のめどもないまま、グルニエは偶発事から偶発事へ、出会いから出会いへと「わたり歩き」つつ、ノンシャランな足取りで世界を横切ってゆく。

概念や方法意識の砦に護られた哲学者なら案ずるにも及ばない陥穽や危険が、この旅の途上には待ち受けている。「ケルゲレン諸島」と題する章の末尾には、「ある旅行者から借用した」描写として、「……船舶がこの群島に近づくのは極端に慎重な注意をもってする。島は約三百の小島から成り、その海岸はしばしば霧にけむり、危険な暗礁にふちどられている……」といった言葉が引かれているが、旅人はこの冒険の危うさにこそ惹かれてその島の岸へ接近してゆくのだろう。

本書にはこのケルゲレン諸島をはじめ実在の島々も登場し、その風土や風景に触発された思いが綴られているが、それよりむしろグルニエにとっては、必ずしも島とは限らない世界の土地の一つ一つ、さらにはみずからの生の時空の断片一つ一つが、それぞれ孤立した「島」と感受されているのだろう。彼にとって生きるとは、それら点在する島々を経巡る航海にほかならない。そこでは彼自身もまた、周囲から隔絶した一つの「孤島」となる。「人は島 île のなかで、《孤立 isolé する》(それが島の語源 isola ではないか?)。一つの島は、いわば一人の孤立した人間。島々は、いわば孤立した人々である」(「イースター島」)。訳者井上究一郎はこの「孤立」のニュアンスを強く読み、複数形に置かれた本書のタイトルをあえて「孤島」としたわけで、それはそれで字面の表層を越えてテクストの内奥に深い理解と共感を届かせた選択と言える。

本書には、あたかもそうした島々の一つに逢着し、未知の光景が突然眼前に開けるかのように、予期せぬ瞬間にみずからの生の本質が開示される、なまなましい体験を記述している美しい箇所がいくつもある。冒頭近く、「私は特権的瞬間なるものを経験しなかった」(「空白の魔力」)という一行が書きつけられてはいるものの、これは「秘密」――これもまた本書を貫くキーワードの一つだ――を守ることに執着するグルニエ特有の屈折した謙遜(モデスティ)の表現であり、実は本書に語られる島々を経巡る航海は、「秘密」のうちに閉ざされたかけがえのない「瞬間」の連鎖から成り立っているのだ。興味深いのは、そこには世界の「虚無」や「空白」が霊感にうたれるように啓示される「瞬間」——その一つはすでに引用した——がある一方で、世界の実在に触れて歓喜する至福の「瞬間」もあり、それらは実はグルニエにとって表裏一体をなしているのではないかと思われることだ。ちょうど世界に剣呑な暗礁に囲まれたケルゲレン諸島もあり、また古来多くの文人たちが憧憬してきたあの「至福の島々」もあるように。

たとえば彼は、シエナの町の風景を高所から見渡したとき、「無力感」からすすり泣きをはじめたという「ある友人」の体験に言及している（「至福の島々」）。「彼の願望、彼の思考、彼の心情、そうしたものの虚無が、一瞬のうちに眼前で実体となったのを彼は見たのだ」。しかし、そのほんの数ページほど後に語られる、ナポリのフロリディアナ公園を散策中に彼自身の身に訪れたとして記述されるのは、奇蹟的な恩寵とも言うべき安らぎと充足である。「正午を告げる鐘がゆっくりと鳴り、サン・テルモ要塞の大砲がひびくとき、ある充実感が——それは幸福の感情ではなくて、真にして全き実在の感情、あたかも存在のわれ目がことごとくふさがれるかのような感情であった——私をとらえ、私のまわりにあったすべてのものをとらえた。四方八方に、光りとよろこびの噴水がわきあふれ、それが水盤から水盤へと落下して、ついに無辺際な海のなかでかたまった」。

この虚無、そしてこの充実——それらはグルニエにとっては対極に位置する二つのものなのではなく、絶えず反転可能な、というよりむしろ渾然一体となった何かなのだろう。「空白の魔力」が、生の無意味と徒労を「光りとよろこび」へと変容させるのだ。その秘蹟にいささかの逆説も見まいとする詩的決意によって、グルニエの存在論は単なる哲学的思弁を越え、一つの生をめぐる或る貴重このうえもない迫真のドキュメントという性格を帯びることになる。

グルニエについて語るとき、人は必ず彼がアルベール・カミュの師であったことに言及する。実際、アルジェのリセの教室で、まだ三十代だったこの少壮哲学教授と出会ったカミュが、師からいかに大きな感化を受けたか、とくに本書『孤島』を読むことで感受性の強い高校生の心がどれほど強く揺さぶられたかは、本書に付されたカミュの感動的な「序文」に雄弁に語られている。またそれへの返歌のように、グルニエもまたカミュの死後に『アルベール・カミュ回想』(本書と同じ井上究一郎氏による邦訳がある)を執筆することになるのだが、両者ともどもの人生と仕事に豊かな稔りをもたらしたこの幸福な師弟愛は、二〇世紀フランス文学史を彩るもっとも美しい挿話の一つと言ってよい。

しかしここでとりわけ注目に値するのは、やがて成人し作家となった後のカミュのうちに熟していった「不条理」の思想と、本書でグルニエがみずからの生に底流する本質的の感覚として言及する「空白」や「虚無」(それはまた単なる「むなしさ(vanité)」を越えた「からっぽ（vacuité）」の感覚とも説明される）との間に、或るそこはかとない共鳴作用が働いているように見えるという点である。カミュの「不条理」とは、単純化して言ってしまえば、世界には意味がない、だからこそ歓びとともにこの現世を肯定し、そこでの一度かぎりの生を享受しなければならない、というものだ。「無意味である」と「肯定せよ」という二つの命題の間が、にもかかわらずではなく、だがしかしでもなく、だからこそで結ばれることの根源的な「条理の通らなさ」に、カミュの思想の核心がある。

永劫続く不毛で無益な苦役を強いられる「不条理の英雄」シーシュポスについて、「幸福なシーシュポスを思い描かねばならぬ」とカミュは言う（『シーシュポスの神話』）。しかし、それで言うなら、世界の空虚が啓示された瞬間と「光りとよろこび」の噴出の瞬間のともどもを、というかその両者が渾然一体となった「傷」の体験——「適当な言葉がないので、虚無、情熱、そして忘却、と書物が名づけているあの大きくあいた傷口」（「見れば一目で……」）——を、みずからの生の基盤に据えて生きてきたとおぼしいグルニエこそ、やがてカミュが彼固有の光輝溢れる文体で描き出すことになる「幸福なシーシュポス」のポートレートの原型だったとは言えまいか。

哲学的エッセイと言うなら、カミュ『裏と表』や『結婚』や『シーシュポスの神話』もまたそのジャンルに属するめざましい文章群である。そして、それらのページにおびただしくちりばめられた美しい霊感の数々の淵源にひっそりと位置しているものが、本書『孤島』なのである。それは比類のない導きの書であった。グルニエの人格と文章の力がそれほどすばらしかったということだが、出会うべき時に出会うべき人に出会い、迷わずその人を生涯にわたる思考の師《メートル・ア・パンセ》として選びとったカミュの決断の潔さにも、わたしは感嘆せざるをえない。ちなみに、良き師を得た弟子と、良き弟子を得た師とでは、どちらの幸福の方が大きいだろうか。そもそも幸福の質が違うだろうし、そんなものの多寡を比べるのは愚問に決まっているが、わたし自身が羨むのはどちらかと言えばむしろグルニエの幸運の方である。

グルニエの場合であれカミュの場合であれ、哲学的エッセイと言うその「エッセイ」とは、従ってこの場合、「試し」「試み」という原義まで包含する強い意味で理解されなければならない。それは「筆に随《したが》う」ままさらさらと書き流された随筆、随想ではなく、モンテーニュが実践したような意味での「エセー」であり、パスカルやルソーを経て二〇世紀のアランやエミール・シオラン（はもともとルーマニア人だが）まで、フランスではむしろその流儀が哲学的思考の系譜の王道をなしているとも言える。

ただ、それらの人々になくてグルニエとカミュにのみ見出されるものがあり、それは塀の向こう側から路地に漂い出してくるジャスミンとリラの香りであり、波止場の石だたみに波がひたひたと打ち寄せてきてそれを洗う音であり、肌を灼く強烈な陽射しがもたらす歓喜であり、ひとことで言えば「詩」であろう。「哲学的なエッセイ」が「哲学的な散文詩」へと脱皮しようと身悶えしつつ、絶えず辛くもその寸前で踏みとどまっている稀有な文章として、多くの読者を魅了してきた『孤島』は、この先も若い読者に長く読み継がれ、その心を捉えつづけてゆくだろう。

（まつうら・ひさき　詩人・小説家・批評家）

本書『孤島　改訳新版』は、一九九一年二月二十五日に筑摩書房より筑摩叢書として刊行された。文庫化にあたってはタイトルを『孤島』とし、本文中の誤りも適宜訂正した。また、本文中、今日の人権意識に照らして不適切と思われる表現があるが、時代的背景と、訳者が故人であることを鑑み、そのままとした。

革命について　ハンナ・アレント　志水速雄訳

《自由の創設》をキイ概念としてアメリカとヨーロッパの二つの革命を比較・考察し、その最良の精神を二〇世紀の惨状から救い出す。（川崎修）

暗い時代の人々　ハンナ・アレント　阿部齊訳

自由が著しく損なわれた時代を自らの意思に従い行動し、生きた人々。政治・芸術・哲学への鋭い示唆を含み描かれる普遍的人間論。（村井洋）

責任と判断　ハンナ・アレント　ジェローム・コーン編　中山元訳

思想家ハンナ・アレント後期の未刊行論文集。人間の責任の意味と判断の能力を考察し、考える能力の喪失により生まれる〈凡庸な悪〉を明らかにする。

政治の約束　ハンナ・アレント　ジェローム・コーン編　高橋勇夫訳

われわれにとって「自由」とは何であるのか――。政治思想の起源から到達点までを描き、政治的経験の意味に根底から迫った、アレント思想の精髄。

プリズメン　Th・W・アドルノ　渡辺祐邦／三原弟平訳

「アウシュヴィッツ以後、詩を書くことは野蛮である」。果てしなく進行する大衆の従順化と、絶対的物象化の時代における文化批判のあり方を問う。

哲学について　ルイ・アルチュセール　今村仁司訳

カトリシズムの救済の理念とマルクス主義の解放の思想との統合をめざしフランス現代思想を領導した孤高の哲学者。その到達点を示す歴史的文献。

スタンツェ　ジョルジョ・アガンベン　岡田温司訳

西洋文化の豊饒なイメージの宝庫を自在に横切り、愛・言葉そして喪失の想像力が表象に与えた役割をたどる。21世紀を牽引する哲学者の博覧強記。

アタリ文明論講義　ジャック・アタリ　林昌宏訳

歴史を動かすのは先を読む力だ。混迷を深める現代文明の行く末を見通し対処するにはどうすればよいのか。「欧州の知性」が危難の時代を読み解く。

プラトンに関する十一章　アラン　森進一訳

『幸福論』が広く静かに読み継がれているモラリスト、アラン。卓越した哲学教師でもあった彼が平易かつ明快にプラトン哲学の精髄を説いた名著。

コンヴィヴィアリティのための道具
イヴァン・イリイチ
渡辺京二／渡辺梨佐訳
破滅に向かう現代文明の大転換はまだ可能だ！　人間本来の自由と創造性が最大限活かされる社会をどう作るか。イリイチが遺した不朽のマニフェスト。

重力と恩寵
シモーヌ・ヴェイユ
田辺保訳
「重力」に似たものから、どのようにして免れればよいのか……ただ「恩寵」によって。苛烈な自己無化への意志に貫れた、独自の思索の断想集。ティボン編。

工場日記
シモーヌ・ヴェイユ
田辺保訳
人間のありのままの姿を知り、愛し、そこで生きたい――女工となった哲学者が、極限の状況で自己犠牲と献身について考え抜き、克明に綴った、魂の記録。

青色本
L・ウィトゲンシュタイン
大森荘蔵訳
「語の意味とは何か」。端的な問いかけで始まるこのコンパクトな書は、初めて読むウィトゲンシュタインとして最適な一冊。（野矢茂樹）

法の概念〔第3版〕
H・L・A・ハート
長谷部恭男訳
法とは何か。ルールの秩序という観念でこの難問に立ち向かい、法哲学の新たな地平を拓いた名著。批判に応える「後記」を含め、平明な新訳でおくる。

解釈としての社会批判
マイケル・ウォルツァー
大川正彦／川本隆史訳
社会の不正を糺すのに、普遍的な道徳を振りかざすだけでは有効でない。暮らしに根ざしながら同時にラディカルな批判が必要だ。その可能性を探究する。

ポパーとウィトゲンシュタインとのあいだで交わされた世上名高い10分間の大激論の謎
デヴィッド・エドモンズ／ジョン・エーディナウ
二木麻里訳
このすれ違いは避けられない運命だった？　二人の思想の歩み、そして大激論の真相に、ウィーン学団の人間模様やヨーロッパの歴史的背景から迫る。

大衆の反逆
オルテガ・イ・ガセット
神吉敬三訳
二〇世紀の初頭、《大衆》という現象の出現とその功罪を論じながら、自ら進んで困難に立ち向かう《真の貴族》という概念を対置した警世の書。

死にいたる病
S・キルケゴール
桝田啓三郎訳
死にいたる病とは絶望であり、絶望を深く自覚し神の前に自己をすてる。実存的な思索の深まりをデンマーク語原著から訳出し、詳細な注を付す。

ニーチェと悪循環
ピエール・クロソウスキー
兼子正勝訳
永劫回帰の啓示がニーチェに与えたものは、同一性の下に潜在する無数の強度の解放である。二十一世紀にあざやかに蘇る、逸脱のニーチェ論。

世界制作の方法
ネルソン・グッドマン
菅野盾樹訳
世界は「ある」のではなく、「制作」されるのだ。芸術・科学・日常経験・知覚など、幅広い分野で徹底した思索を行ったアメリカ現代哲学の重要著作。

新編 現代の君主
アントニオ・グラムシ
上村忠男編訳
労働運動を組織しイタリア共産党を指導したグラムシ。獄中で綴られたそのテキストから、いま読み直されるべき重要な29篇を選りすぐり注解する。

ハイデッガー『存在と時間』註解
マイケル・ゲルヴェン
長谷川西涯訳
難解をもって知られる『存在と時間』全八三節の思考を、初学者にも一歩一歩追体験させ、高度な内容を読者に確信させ納得させる唯一の註解書。

色彩論
ゲーテ
木村直司訳
数学的・機械論的近代自然科学と一線を画し、自然の中に「精神」を読みとろうとする特異で巨大な自然観を示した思想家・ゲーテの不朽の業績。

倫理問題101問
マーティン・コーエン
榑沼範久訳
何が正しいことなのか。医療・法律・環境問題等、私たちの周りに溢れる倫理的なジレンマから101の題材を取り上げて、ユーモアも交えて考える。

哲学101問
マーティン・コーエン
矢橋明郎訳
全てのカラスが黒いことを証明するには? コンピュータと人間の違いは? 哲学者たちが頭を捻った101問を、譬話で考える楽しい哲学読み物。

マラルメ論
ジャン=ポール・サルトル
渡辺守章/平井啓之訳
思考の極北で〈存在〉そのものを問い直す形而上学的〈劇〉を生きた詩人マラルメ——固有の方法的批判により文学の存立の根拠をも問う白熱の論考。

存在と無(全3巻)
ジャン=ポール・サルトル
松浪信三郎訳
人間の意識の在り方(実存)をきわめて詳細に分析し、存在と無の弁証法を問い究め、実存主義を確立した不朽の名著。現代思想の原点。

悲劇の死
ジョージ・スタイナー
喜志哲雄／蜂谷昭雄訳
現実の「悲劇」性が世界をおおい尽くしたとき、劇形式としての悲劇は死を迎えた。二〇世紀の悲惨を目のあたりにして描く、壮大な文明批評。

哲学ファンタジー
レイモンド・スマリヤン
高橋昌一郎訳
論理学の鬼才が、軽妙な語り口ながら、切れ味抜群の思考法で哲学から倫理学まで広く論じた対話篇。哲学することの魅力を堪能しつつ、思考を鍛える！

ハーバート・スペンサーコレクション
ハーバート・スペンサー
森村進編訳
自由はどこまで守られるべきか。リバタリアニズムの源流となった思想家の理論の核が凝縮された論考を精選し、平明な訳で送る。文庫オリジナル編訳。

ナショナリズムとは何か
アントニー・D・スミス
庄司信訳
ナショナリズムは創られたものか、それとも自然なものか。この矛盾に満ちた心性の正体を、世界的権威が徹底的に解説する。最良の入門書、本邦初訳。

反解釈
スーザン・ソンタグ
高橋康也他訳
《解釈》を偏重する在来の批評に対し、《形式》を感受する官能美学の必要性をとき、理性や合理主義に対する感性の復権を唱えたマニフェスト。

ニーチェは、今日？
デリダ／ドゥルーズ／リオタール／クロソウスキー
林好雄ほか訳
クロソウスキーの〈陰謀〉、リオタールの〈メタモルフォーズ〉、ドゥルーズの〈脱領土化〉、デリダの〈脱構築的読解〉の白熱した討論。

声と現象
ジャック・デリダ
林好雄訳
フッサール『論理学研究』の綿密な読解を通して、「脱構築」「痕跡」「差延」「代補」「エクリチュール」など、デリダ思想の中心的〝操作子〟を生み出す。

歓待について
ジャック・デリダ
アンヌ・デュフールマンテル序論
廣瀬浩司訳
異邦人＝他者を迎え入れることはどこまで可能か？ギリシャ悲劇、クロソウスキーなどを経由し、この喫緊の問いにひそむ歓待の（不）可能性に挑む。

省察
ルネ・デカルト
山田弘明訳
徹底した懐疑の積み重ねから、確実な知識を探り世界を証明づける。哲学入門者が最初に読むべき、近代哲学の源泉たる一冊。詳細な解説付新訳。

哲学原理
ルネ・デカルト
山田弘明／吉田健太郎／久保田進一／岩佐宣明訳・注解

『省察』刊行後、その知のすべてが記された本書は、デカルト形而上学の最終形態といえる。第一部の新訳と解題・詳細な解説を付す決定版。

方法序説
ルネ・デカルト
山田弘明訳

「私は考える、ゆえに私はある」。近代以降すべての哲学は、この言葉で始まった。世界中で最も読まれている哲学書の完訳。平明な徹底解説付。

宗教生活の基本形態（上）
エミール・デュルケーム
山﨑亮訳

宗教社会学の古典的名著を清新な新訳で。オーストラリアのトーテミスムにおける儀礼の研究から、宗教の本質的要素＝宗教生活の基本形態を析出する。

宗教生活の基本形態（下）
エミール・デュルケーム
山﨑亮訳

「最も原始的で単純な宗教」の分析から、宗教を、社会を「作り直す」行為の体系として位置づけ、20世紀人文学の原点となった名著。詳細な訳者解説を付す。

社会分業論
エミール・デュルケーム
田原音和訳

人類はなぜ社会を必要としたか。社会はいかにして発展するか。近代社会学の嚆矢をなすデュルケーム畢生の大著を定評ある名訳で送る。（菊谷和宏）

公衆とその諸問題
ジョン・デューイ
阿部齊訳

大衆社会の到来とともに公共性の成立基盤は衰退した。民主主義は再建可能か？　プラグマティズムの代表的思想家がこの難問を考究する。（宇野重規）

旧体制と大革命
A・ド・トクヴィル
小山勉訳

中央集権の確立、パリ一極集中、そして平等を自由に優先させる精神構造――フランス革命の成果は、実は旧体制の時代にすでに用意されていた。

ニーチェ
G・ドゥルーズ
湯浅博雄訳

〈力〉とは差異にこそその本質を有している――ニーチェのテキストを再解釈し、尖鋭なポスト構造主義的イメージを提出した、入門的な小論考。

カントの批判哲学
G・ドゥルーズ
國分功一郎訳

近代哲学を再構築してきたドゥルーズが、三批判書を追いつつカントの読み直しを図る。ドゥルーズ哲学が形成される契機となった一冊。新訳。

エクリチュールの零度
ロラン・バルト
森本和夫／林好雄訳註
哲学・文学・言語学など、現代思想の幅広い分野に怖るべき影響を与え続けているバルトの理論的主著。詳註を付した新訳決定版。（林好雄）

映像の修辞学
ロラン・バルト
蓮實重彥／杉本紀子訳
イメージは意味の極限である。広告写真や報道写真、そして映画におけるメッセージの記号を読み解き、意味を探り、自在に語る魅惑の映像論集。

ロラン・バルト　中国旅行ノート
ロラン・バルト
桑田光平訳
一九七四年、毛沢東政権下の中国を訪れたバルトの旅行の記録。それは書かれなかった中国版「記号の国」への覚書だった。新草稿、本邦初訳。（小林康夫）

ロラン・バルト　モード論集
ロラン・バルト
山田登世子編訳
エスプリの弾けるエッセイから、初期の金字塔『モードの体系』に至る記号学的モード研究まで。初期のバルトの才気が光るモード論考集。オリジナル編集・新訳。

呪われた部分
ジョルジュ・バタイユ
酒井健訳
「蕩尽」こそが人間の生の本来的目的である！　思想界を震撼させ続けたバタイユの主著、45年ぶりの待望の新訳。沸騰する生と意識の覚醒へ！

エロティシズム
ジョルジュ・バタイユ
酒井健訳
人間存在の根源的な謎を、鋭角で明晰な論理で解き明かす、バタイユ思想の核心。禁忌とは、侵犯とは何か？　待望久しかった新訳決定版。

宗教の理論
ジョルジュ・バタイユ
湯浅博雄訳
聖なるものの誕生から衰滅までをつきつめ、宗教の根源的核心に迫る。文学、芸術、哲学、そして人間にとって宗教の〈理論〉とは何なのか。

純然たる幸福
ジョルジュ・バタイユ
酒井健編訳
著者の思想の核心をなす重要論考20篇を収録。文庫化にあたり「クレー」「ヘーゲル弁証法の基底への批判」「シャプサルによるインタビュー」を増補。

エロティシズムの歴史
ジョルジュ・バタイユ
湯浅博雄／中地義和訳
三部作として構想された『呪われた部分』の第二部。荒々しい力〈性〉の禁忌に迫り、エロティシズムの本質を暴く、バタイユの真骨頂たる一冊。（吉本隆明）

エロスの涙
ジョルジュ・バタイユ
森本和夫訳
エロティシズムは禁忌と侵犯の中にこそあり、それは死と切り離すことができない。二百数十点の図版で構成されたバタイユの遺著。（林好雄）

呪われた部分　有用性の限界
ジョルジュ・バタイユ
中山元訳
『呪われた部分』草稿、アフォリズム、ノートなど15年にわたり書き残した断片。バタイユの思想体系の全体像と精髄を浮き彫りにする待望の新訳。

ニーチェ覚書
ジョルジュ・バタイユ編著
酒井健訳
バタイユが独自の視点で編んだニーチェ箴言集。ニーチェを深く読み直す営みから生まれた本書には二人の思想が相響きあっている。詳細な訳者解説付き。

入門経済思想史　世俗の思想家たち
R.L.ハイルブローナー
八木甫ほか訳
何が経済を動かしているのか。スミスからマルクス、ケインズ、シュンペーターまで、経済思想の巨人たちのヴィジョンを追う名著の最新版訳。

分析哲学を知るための哲学の小さな学校
ジョン・パスモア
大島保彦／高橋久一郎訳
数々の名テキストで哲学ファンを魅了してきた分析哲学界の重鎮が、現代哲学を総ざらい！　思考や議論の技を磨きつつ、哲学史を学べる便利な一冊。

表現と介入
イアン・ハッキング
渡辺博訳
科学にとって「在る」とは何か？　科学は真理を捉えられるのか？　現代哲学の鬼才が20世紀を揺るがした問いの数々に鋭く切り込む！（戸田山和久）

社会学への招待
ピーター・L・バーガー
水野節夫／村山研一訳
社会学とは、「当たり前」とされてきた物事をあえて疑い、その背後に隠された謎を探求しようとする営みである。長年親しまれてきた大定番の入門書。

聖なる天蓋
ピーター・L・バーガー
薗田稔訳
全ての社会は自らを究極的に審級する象徴の体系、「聖なる天蓋」をもつ。宗教について理論・歴史の両面から新たな理解をもたらした古典的名著。

人知原理論
ジョージ・バークリー
宮武昭訳
「物質」なるものなど存在しない――。バークリーの思想的核心が、平明このうえない訳文と懇切丁寧な注釈により明らかとなる。主著、待望の新訳。

デリダ
ジェフ・コリンズ
鈴木圭介訳
「脱構築」「差延」の概念で知られるデリダ。現代思想に偉大な軌跡を残したその思想をわかりやすくビジュアルに紹介。丁寧な年表、書誌を付す。

ベンヤミン
ケイギル／コールズ／アピニャネジ
久保哲司訳
〈批評〉を哲学に変えた思想家ベンヤミン。親和力、多孔質、アウラ、廃墟などのテーマを通してその思想の迷宮をわかりやすく解説。詳細な年譜・文献付。

フーコー
リディア・アリックス・フィリンガム
モシュ・シュッサー絵
栗原仁／慎改康之編訳
今も広い文脈で読まれている20世紀思想のカリスマ、フーコー。その幅広い仕事と思想にこれ以上なく平明に迫るビジュアルブック。充実の付録資料付。

ビギナーズ 哲学
デイヴ・ロビンソン文
ジュディ・グローヴズ画
鬼澤忍訳
初期ギリシャからポストモダンまで。社会思想や科学哲学も射程に入れ、哲学史を見通すビジュアルガイド。哲学が扱ってきた問題が浮き彫りになる！

ビギナーズ 倫理学
デイヴ・ロビンソン文
クリス・ギャラット画
鬼澤忍訳
正義とは何か？ なぜ善良な人間であるべきか？ 倫理学の重要論点を見事に整理した、道徳的カオスの中を生き抜くためのビジュアル・ブック。

ビギナーズ『資本論』
マイケル・ウェイン
チェ・スンギョン画
鈴木直監訳 長谷澪訳
『資本論』は今も新しい古典だ！ むずかしい議論や概念を、具体的な事実や例を通してわかりやすく読み解き、今読まれるべき側面を活写する。（鈴木直）

自我論集
ジークムント・フロイト
竹田青嗣編
中山元訳
フロイト心理学の中心、「自我」理論の展開をたどる新編・新訳のアンソロジー。「快感原則の彼岸」「自我とエス」など八本の主要論文を収録。

明かしえぬ共同体
M・ブランショ
西谷修訳
G・バタイユが孤独な内的体験のうちに失うという形で見出した〈共同体〉。そして、M・デュラスが描いた奇妙な男女の不可能な愛の〈共同体〉。

フーコー・コレクション（全6巻＋ガイドブック）
ミシェル・フーコー
小林康夫／石田英敬／松浦寿輝編
20世紀最大の思想家フーコーの活動を網羅した『ミシェル・フーコー思考集成』。その多岐にわたる思考のエッセンスをテーマ別に集約する。

ちくま学芸文庫

孤島《ことう》

二〇一九年四月十日　第一刷発行

著者　ジャン・グルニエ
訳者　井上究一郎（いのうえ・きゅういちろう）
発行者　喜入冬子
発行所　株式会社　筑摩書房
東京都台東区蔵前二―五―三　〒一一一―八七五五
電話番号　〇三―五六八七―二六〇一（代表）
装幀者　安野光雅
印刷所　株式会社精興社
製本所　株式会社積信堂

ISBN978-4-480-09921-1 C0198